산수傘壽로 가는 길목에서
희망을 보다

산수傘壽로 가는 길목에서 희망을 보다

발행일	2025년 1월 10일		
지은이	이영수		
펴낸이	손형국		
펴낸곳	(주)북랩		
편집인	선일영	편집	김현아, 배진용, 김다빈, 김부경
디자인	이현수, 김민하, 임진형, 안유경	제작	박기성, 구성우, 이창영, 배상진
마케팅	김회란, 박진관		
출판등록	2004. 12. 1(제2012-000051호)		
주소	서울특별시 금천구 가산디지털 1로 168, 우림라이온스밸리 B동 B111호, B113~115호		
홈페이지	www.book.co.kr		
전화번호	(02)2026-5777	팩스	(02)3159-9637
ISBN	979-11-7224-437-8 03810 (종이책)		979-11-7224-438-5 05810 (전자책)

(주)북랩 성공출판의 파트너

북랩 홈페이지와 패밀리 사이트에서 다양한 출판 솔루션을 만나 보세요!

홈페이지 book.co.kr • **블로그** blog.naver.com/essaybook • **출판문의** text@book.co.kr

작가 연락처 문의 ▶ ask.book.co.kr

작가 연락처는 개인정보이므로 북랩에서 알려드릴 수 없습니다.

산수傘壽로 가는 길목에서
희망을 보다

나이 듦의 아름다움과 삶의 의미를 찾아가는 여정

이영수 에세이

북랩

사람이 살면서 시간이 흐르고 세월이 쌓이다 보면 나도 모르는 사이에 검은 머리가 파 뿌리처럼 하얗게 물들고 여기저기 아픈 곳이 하나둘 나타나기 시작하면서 어느새 일흔 고개를 넘어가는 구나 하는 생각에 한숨이 나온다.

62세에 정년퇴직하고 노후 대비도 없이 허송세월하였구나 하는 후회가 가끔은 밀물처럼 몰려왔다가도 누구나 다 그렇게 보내는 거겠지 하는 나만의 위로로 삼고 그냥 묻혀 살아간다.

나이를 말할 때 80을 구어(口語)로는 여든 살, 문어(文語)로는 팔순(八旬)으로 표현하고 있다. 옛날에는 60세만 살아도 많이 산 것이고 70세까지 살았다면 아주 오래 산 것으로 여겨졌다. 중국 당(唐)나라의 시인 두보(杜甫)도 사람이 70까지 사는 것은 예로부터 드물었다 하여 "인생칠십고래희(人生七十古來稀)[1]"라고 하였다.

---

1 두보의 시집《곡강시(曲江詩)》에서

이제는 기대수명과 평균수명이 늘어나 80을 넘어 90 아니, 100세 시대가 눈앞에 보이니 이것은 다 과학과 의학의 발달 덕분이다. 환경이 개선되고 영양 상태가 좋아졌으며, 문명의 발전과 기술의 혁신, 경제 수준의 향상, 건강에 대한 관심도와 인식변화가 높아진 덕에 장수의 길을 가는 것 같다.

장수하는 사람들의 하나의 공통점은 놀랍게도 '친구의 수(數)'였다고 한다. 친구의 수가 적을수록 쉽게 병에 걸리고 일찍 죽는 사람들이 많았다는 것이다. 인생의 희로애락을 함께 나누는 친구들이 많고 그 친구들과 보내는 시간이 많을수록, 스트레스가 줄며 더 건강한 삶을 유지하였다는 보고서도 있다.

60에 정년을 마치고 나면 이제 여생은 편하게 쉬다 가야지 했던 생각은 달라져야 한다. 사람의 수명이 90세로 늘어나 퇴임 후 30년이란 육십 평생의 절반이 남기 때문에 제2 인생을 설계하여 더 즐겁고, 더 재미있고, 더 멋지고, 더 보람 있게 살기 위해서 지금부터 무엇인가 준비해야 할 것 같다는 생각이 들었다.

취미생활이나 내가 하고 싶었던 일 또는 봉사활동이나 여행 그리고 나의 숨은 재능을 찾아 남은 인생을 걸어보는 것, 못다 한 공부를 해서 내 사고의 확장을 넓혀보는 것도 도움이 되지 않을까 하는 생각도 든다.

나이가 들면 건강이 제일이고 경제적 자립도 중요하며 배움은 필수라고 한다.

남은 30년을 무위도식하며 의미 없이 보낸다면 더 빠르게 늙어가고 각종 스트레스와 질병에다 인생의 재미를 느끼지 못하는 생활의 반복이 삶의 황폐화를 초래하게 될지도 모른다.

산수傘壽로 가는 길목에서 희망을 보다

지금 시대는 지식의 양이 급격히 증가해서 과거의 지식으로는 빠르게 변화하는 사회에 살아남기 어려우므로 항상 다양한 분야에 관심을 가지고 끊임없이 학습해야만 신세대와 소통할 수 있으리라 본다.

다 늙어서 공부해 어디다 쓰려고 고생을 하느냐고 반문하겠지만 공부하면 뇌가 젊어지고 건강해진다고 한다. 왜냐하면 배움(공부)을 통해서 죽은 세포가 떨어져 나가면서 다시 새로운 세포가 생겨나 뇌의 활성화가 높아져서 '뇌는 늙지 않는다'라는 것이다.

'산수(傘壽)'는 80세를 이르는 말이다. 이 나이까지 보고, 듣고, 경험하며, 느낀 대상을 나름대로 표현하고 싶은 생각에 고희가 되면서부터 글을 시작하게 되었다.

'시작이 반이다.'라는 말도 있고 '늦었다고 생각할 때가 가장 빠른 길이다'라는 말처럼 한 걸음씩 천천히 아주 천천히 욕심내지 않고 생각하면서 기억을 더듬어 나만의 방법으로 서투른 문장을 적어 가다 보니, 굼벵이도 구르는 재주가 있듯이 그런대로 문장이 되고, 이야기가 되고, 한편의 글이 되어 갔다.

일흔 계단(고희)에서 시작하여 산수로 가는 길목에서 한 권의 책이 완성된 기쁨을 두 손 번쩍 들어 환희의 기지개를 켜며, '아! 내게도 이런 열정이 있었다니! 야, 너 진짜 대단하다'라고 칭찬을 해주고 싶다.

차례

자연 속 이야기

삶 속 이야기

초로(初老)의 바람

　이제 내 나이가 고희(古稀)를 넘어 망팔(望八)로 향해 가고 있다. 옛날에는 60세도 오래 살았다고 하여 회갑 잔치를 크게 벌여 하루를 기쁘고 즐겁게 보내는 행사를 해왔다.

　회갑은 우리가 태어나고 나서 육십갑자가 다시 돌아왔다는 의미로 돌아올 회자를 붙여 회갑이라 부른다고 한다. 회갑과 환갑은 모두 만 60세 즉 우리나라 나이로 61세가 되는 해를 지칭하는 말이라고 보면 된다.

　조선 시대 왕들의 평균수명이 47세, 조선 후기 양반들의 평균수명이 55세 정도였으니까 환갑 나이 만 60세는 아주 오랫동안 영화를 누린 나이다. 그래서 60세만 살아도 많이 산 것이고 70세까지 살았다면 아주 오래 산 것으로 여겨졌다.

　이제는 기대수명과 평균수명이 늘어나 80을 넘어 90 아니, 100세 시대가 눈앞에 보이니 이것은 다 과학과 의학의 발달 덕분이다. 환경이 개선되고 영양 상태가 좋아졌으며, 경제 수준의 향상, 건강에 대한 관심도와 인식변화가 높아진 덕에 장수의 길을 가는 것 같다.

옛날에는 장수의 의미로 사용했던 그 환갑이 이제는 황혼의 시작이 된 셈이다. 그래서 옛날이 아닌 이 시대에 태어나 모든 것 누리고 첨단 과학기술의 시대를 만끽하고 살아간다는 사실에 무한 감사함을 느낀다.

아침에 뜨는 해는 찬란하고 장엄하게 솟아오른다. 하지만 저녁에 서산에 지는 해는 붉게 번진 노을이 아름답기도 하지만 왠지 서글픔과 아쉬움이 번져가는 느낌마저 든다.

초로가 되고 보니 눈뜨면 아침이고 돌아서면 저녁이 되는 그런 나날이 이어지는 무미건조한 하루라는 단어가 허공에 부서져 간다.

인간도 일흔 살 이후부터는 힘도 기운도 서서히 줄어들고 피부도 주름이 늘어나 탄력이 없어지고 관절은 고장나고 정신은 멍해져 가끔 기억이 사라지곤 한다.

또한, 행동의 속도가 느려지고 생활 패턴도 내 의지대로 움직여주지 않고 모든 기능과 작용이 내 몸에서 하나씩 하나씩 엇박자가 나면서 그 빈자리를 서글프고, 안타깝고, 쓸쓸하고, 외로움만이 조금씩 채워져 시간이 흐를수록 거부할 수 없는 숙명에 다다르게 되는 것 같다.

그래서 아리스토텔레스의 숙명론[2]이 나왔는지도 모른다. 필연적으로 일어날 일은 반드시 일어나기 마련이므로 순응하며 사는 것이 올바른 삶의 태도라는 것이다.

---

2   루이즈 애런슨의 《나이 듦에 관하여》(2020)

산수傘壽로 가는 길목에서 희망을 보다

우리는 가난한 자나 부자나 모두에게 똑같은 시간이 주어졌지만, 그 결과물은 엄청난 차이를 만든다. 다만 똑같이 부여받은 시간 내에서 늙어가는 속도는 사람마다, 하는 일마다, 생각 방식에 따라, 성격에 따라, 사람과 사람의 관계에 따라 진행 속도가 다르게 나타난다는 것을 깨닫게 된다.

　사람이 태어나서 유아기에서 청소년기에는 학문에 열중하느라 공부의 무게가 그들에게 엄청 버거운 짐이 되었고, 청년기에서는 직업 선택이란 고민과 근심의 짐이 어지럽게 했고, 장년기에는 가정을 만들고 가족을 부양하기 위해 등에 짊어진 짐짝의 무게가 온몸을 아프게 하고, 매일 해결해야 할 일 때문에 내 시간도 없이 평생 바쁘게 살아왔으니 다리도 아프다는 "바램"의 가사처럼, 그들의 어깨를 무겁게 했을 것이다.

　부모로서 의무와 책임을 성실히 하다 보니 어느새 황혼에 이르게 되고 노년의 길을 걷게 되었다. 어디쯤 왔는지, 어디쯤 가고 있는지 아무도 알 수 없는 노년의 길….

　이제 모든 짐을 내려놓고 편하게, 즐겁게 살아보려고 했는데 세월은 벌써 저만큼 달아나 있고 몸은 하나둘 고장 나기 시작한다. 어느 날 갑자기 세월의 한복판에 우두커니 서서 젊었을 때는 생각해 보지도 못했던, 아니 생각나지도 않았던 노인들의 표정과 모습 그리고 행동들이 보이게 되고 어느새 내가 여기까지 오게 되었나 하는 마음에 허망하고 서글픈 생각이 든다. 이제 어떻게 해야 하나 하는 막연한 두려움과 걱정이 나를 슬프게 한다.

　젊었을 때는 좋은 대학을 나와 남보다 좋은 직장이나 우월한 지위를 취하려 했고, 중년에는 돈을 많이 벌어 재산을 형성하고 부자가 되기를 꿈꾸어 왔지만, 단맛보다는 쓴맛을 더 많이 경험했다. 장년에는 명예라도 얻어볼까 노력했지만 하나도 이루지 못하고 여기까지 왔는데 남은 것은 초로에 힘없는 노인이 되어가는 세월 저 끝에 서서 지나가는 바람에 서리만 하얗게 맞고 있다.

해보고 싶은 것, 먹고 싶은 음식들, 가보고 싶은 여행, 즐기고 싶은 취미생활은 모두 허사가 되었지만, 남은 인생만큼은 화려하거나 거창하지는 않더라도 지금 이대로 살아갔으면 하는 바람이다. 지금 이대로 말이다.

아직은 사지 멀쩡하여 내 발로 걷고 보고 듣는 눈과 귀도 그런대로 쓸만하다. 남의 도움 없이 행동하고 판단하는 능력도 그런대로 작동하고 있으니 참으로 다행이라 생각한다. 가끔 신체 일부가 고장 나 병원 신세를 지고 있지만, 세월이 한 해 두 해 흘러가면서 떠오르는 말 "몸이 예전만 못하니 마음도 덩달아 쇠퇴해 가는 것 같아"라는 뼈 있는 농담이 진심인 듯 몸에 와닿는다.

누가 말했나! "우리는 늙어가는 것이 아니고 조금씩 익어가는 거라고." 말이 좋아 익어가는 것이지 날마다 늙어가는데 흐려져가는 총기는 어디로 가고 생각나지 않는 기억을 찾느라 우두커니 서서 허공만 바라본다.

나이가 들수록 손가락 마디마디가 변형되고 등도 굽어 휘어지고 힘이 빠진 다리는 관절로 절절매며 팽팽했던 피부에 주름과 변형된 얼굴은 분명 추해져 가는 게 맞다. 그러나 익어간다는 의미는 세월 속에 익히고 터득한 지혜와 상식과 경험이 많아져 성숙해졌다는 이야기로 둔갑시켜 위안으로 삼고자 한 말이 아닐까?

　세월을 살면서 연륜과 경륜도 쌓이고 비우는 법과 함께 사는 법도 배웠으니 이제 남은 시간은 자신을 위해 투자해서 멋지고 아름답게 가꾸어 갈 시간에 도달했다는 의미로 생각된다. 어느 쪽에 속하는 지는 자신만의 몫이고 선택의 기준은 오직 본인이다.

　나는 가끔 내 모습을 거울에 비춰보며 변해가는 모습을 보면서 살아왔다. 거울 속에 비친 내 모습이 이렇게 망가진 얼굴이 되어도 놀라운 일은 아니었다.

　앞모습은 언제나 틈만 나면 확인할 수 있으니까. 그 모습을 늘 보면서 세월을 보냈으니 놀랍지는 않았지만, 걱정은 좀 했겠지.

　그러나 내 뒷모습은 어떤 모습인지 한 번도 본 적이 없다. 누군가가 내 모습을 등 뒤에서 바라보았다면 어떻게 표현했을까? 노인의 뒷모습은 어디를, 어떻게 보아도 어딘가 외롭고 쓸쓸해 보일 것이다. 왜냐하면, 그것은 삶이 얼마 남지 않아서 그렇게 보일지도 모르지만, 살아오는 동안 많은 경험과 지혜 그리고 삶의 무게가 등짝에 업혀있다는 것을 느끼지 못하고 살아왔기 때문에 그렇게 보일 수도 있겠다 싶다.

　아무튼 지금에 와서 돌아보니 '병들지 않고 아프지 않은 사람이 가장 행복한 사람'이라는 것이 초로의 내가 알게 된 유일한 경험이자 결론이다.

　허리가 굽은 노인이 지팡이에 의지한 채 간신히 걷는 모습을 보거나, 중풍으로 신경이 마비되어 몸을 움직이는 데 불편함을 느끼며 고통스럽게 살아가는 노인들을 보면, 나도 저렇게 되면 어쩌나 하는 근심과 걱정에 잠이 들지 못한다.

원치 않는 치매에 걸려 자신도 모르게 가족과 주변 사람들에게 짐만 지우는 안타까운 처지에 있는 분들, 신체의 어느 한 부분이 고장나고 썩어 거동조차 못 하여 살아있으나 삶의 의미조차 찾을 수 없는 인간으로 전락한 모습을 보거나, 각종 암으로 병상에서 힘겹게 투병하며 삶의 끈을 붙들려고 발버둥 치는 광경을 볼 때, 나도 머지않아 저 중에 한 부분으로 포함되겠지 하는 두려움이 머리를 "띵" 하게 만든다.

치매(癡呆)는 후천적으로 기억, 언어, 판단력 등의 여러 영역의 인지 기능이 감소하여 일상생활을 제대로 수행하지 못하는 임상 증후군이라고 한다. 고로 치매는 주변에서 자신을 잊어가는 두려움과 현실에서 점점 사라져간다는 괴로움이 교차하며 엉키면서 인생이 엉망진창으로 변해가는 무서운 병이다.

암보다 더 고통스럽고 많은 보호가 필요한 인류 최대의 불치병 치매(癡呆). 그 치매는 노인에게만 나타나는 게 아니고 20% 정도는 젊은 나이에서도 나타난다고 하니 참으로 무섭고 두려운 병인 것만은 확실하다. 그래서 세상에서 가장 슬픈 병이라고 불리고 있는 이유일 것이다.

예로부터 우리 어른들은 '노망(老妄)'이나 '망령(妄靈)'이란 말을 사용했는데 현대의학에서는 그것이 '치매'의 원조라고 생각하는 것 같다.

21세기에 들어 치매를 "마음이 지워지는 병"이라고 한다. 왜냐하면, 모두를 지워버려 망각 속에 헤매게 하며 내 몸 지휘부를 무너지게 했기 때문이다. 그래서 치매는 기억의 왜곡이 나타나기 때문에 가장 무서운 것이다.

우리는 누구도 피할 수 없는 노화와 질병의 현실에서 갑자기 뛰쳐나오는 치매를 어떻게 대처해 가야 하는가에 대한 답을 찾는 것도 중요하지만, 정답이 없는 간병의 세계에서 고통과 한숨 속에 있는 치매 환자 가족들에게 작은 위안이 되어주는 길이 무엇인가도 함께 생각해야 한다.

치매를 예방하기 위해서는 영양 섭취도 중요하고, 걷기운동이나 유산소 운동도 필요하지만, 여러 사람과 교감하면서 함께하고 어울리며 살아가야 한다는 것도 중요하다고 한다.[3] 여기서 가장 중요한 것은 나이와 관계없이 항상 배워야 한다는 것, 즉 뇌 기능 활성화를 위해 무엇이든 새로운 것을 접하고 배우는 것이 치매 예방에 효과적이라는 이야기다.

따라서 두뇌 회전을 많이 시킬 수 있는 놀이나 건전한 수준의 게임, 바둑, 카드놀이, 신문을 읽는다든지, 책을 본다든지 아니면 언어를 학습하면서 뇌의 활동을 자극하는 두뇌활동과 아울러 항상 긍정적인 생각으로 생활하는 습관도 치매 예방에 좋은 방법의 하나라고 한다.

아무튼, 치매는 예고 없이 그리고 원인도 모르게 조용히 내 곁에 찾아와서 악마의 친구가 될 수도 있다. 그래서 가끔 시간과 방향의 감각을 혼동시켜 때로는 나를 당황하게 만들 때도 있다.

초로에 접어들면서 육체에 나타나는 고통과 통증들, 중추신경계에 나타나는 시간과 방향 감각의 이상 징조가 나에게는 없었으면 하는 간절한 소원을 허공에 대고 외쳐본들, "너도 예외는 아

---

3   가족 심리 백과 | 송형석 외 4인

니다"라는 정답보다는 "너만은 예외다"라는 오답을 기다리는 건 아닌지 한 번쯤은 생각해 봐야 할 것 같다.

내가 태어날 때는 모든 것 다 해내고 성취할 수 있다는 의욕과 자부심에 두 주먹 불끈 쥐고 힘차게 태어났지만, 갈 때는 빈손으로 가야 하므로 이 모든 것을 내려놓았다는 증표로 두 손을 펴서 보여주고 떠나는 것이 인생이 아닌가 싶다.

늙은이로 입문하는 초로의 길에 지나온 날들을 잘못 살았다고 자책하지 말고, 아낀다고 궁상도 떨지 말며, 이제는 천천히 쉬면서 내 몸을 위해 담대하게 살아 가는 법을 배워야 한다. 그게 맞는 것 같다.

아무쪼록 아프지 말고, 병들지 말고, 기죽지 말고 현재 이 모습, 이 상태로 쭉~ 80까지만 가자! 그리고 그 이후는 그때 가서 세월에 맡기는 수밖에 없지 않겠나.

가시 (까시)

'가시'란 말만 들어도 아프고 고통스럽다는 생각이 뇌리에 번뜩이면서 '찔린다', '긁힌다', '박힌다', '걸린다' 등 예리하고 날카롭다는 생각부터 떠오른다.

가시는 왜 있는 걸까?

원래 가시는 잎과 가지, 눈이 변해서 된 것이라고 하는데 모든 식물이 다 가지고 있는 것은 아니다. 식물은 자신을 지키기 위해 가시를 만들었다고 한다. 장미꽃, 명자꽃, 아카시아 등 예쁘고 향기가 있는 꽃은 어김없이 날카로운 가시가 뻗어있고, 밤나무 밤송이, 탱자나무, 대추나무, 엄나무도 뾰족한 가시들이 여기저기 뻗어 나온 것을 보면 몸이 오싹 오그라드는 느낌을 받으며, 엉겅퀴나 두릅나무, 선인장, 가시박 종류도 아주 작은 가시지만 만지면 찌르겠다는 자세로 당당하게 버티고 있다.

 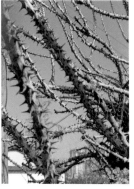

엄나무 가시	탱자나무 가시

　식물도 처음 돋아날 때는 부드럽게 달려 있었는데 누군가가 자꾸 괴롭히고 못살게 굴어오는 상대에게 저항하며 살아남기 위해 생존의 욕구가 작동하는 것이라고 본다.

　식물은 가만히 있으면 공격하지 않지만, 어떤 이유로 공격을 받으면 방어의 목적으로 공격하는 것 같다.

두릅나무의 새순	밤나무 밤송이

　　　　　　　　　산수傘壽로 가는 길목에서 희망을 보다

자연에서는 식물의 가지가 위로 올라갈수록 가시가 작아지는데 그 식물의 가지가 꺾기거나 부러져 잘려 나가면 상처를 받고 가시는 위로 갈수록 날카롭고 길게 자라는 습성이 있다고 한다.

가시도 원래는 솜털처럼 부드러웠다는 사실을 그대들은 아는가?

가시는 한자로 자모(刺毛)라고 쓴다. 고등식물에서 몸의 겉면으로부터 돌출해 있으며 끝이 예리하여 찔리면 아픈 구조의 총칭을 말한다.

그런데 가시를 잘 살펴보면 가시가 뻗어있는 모양과 크기, 방향과 각도가 서로 다 다르게 나와 있다. 한순간의 허점도 드러내지 않고 언제 어디서 어떻게 공격해 와도 방어하겠다는 의지를 보여주는 것 같은 느낌이 든다.

가시는 식물뿐만 아니라 동물에게도 있으며 죽은 나무껍질이나 목재에서 가늘고 뾰족하게 뻗어있어 잘못 다루다가 상처를 입는 일도 있다. 가시에 찔리면 아프고 고통스럽다는 뜻에서 방언에서는 강하게 발음하여 '까시'라고도 불린다.

맨발로 다니다가 아주 작은 가시 조각에 찔리면 걸음조차 걷기 힘든 아픔과 고통을 느끼게 되는데, 겪어본 자만이 그 통증과 가시의 위엄을 알 수가 있다. 생선을 먹다 가시가 목구멍에 걸리면 그 고통 또한 괴롭고 참기 힘들다. 특히 손톱 밑에 눈에도 잘 띄지 않는 작은 가시가 박히면 매우 고통스럽고 성가시며 신경이 온통 그곳에 머무르니 하던 일도 제대로 못 한다. 만일 가시를 제거하지 못하면 그곳이 곪아 고름을 만들고 처절하게 쓰리고 따갑게 쑤시는 고통의 대가를 치러야 했다. 그래서 누구나 내 손톱 밑의 가시가 가장 아픈 것이라고 한다.

가시는 고슴도치, 호저 같은 동물에게도 있다. 그리고 인간의 몸속에도 가시가 돋아 있는 곳이 있다.

흔히 말을 주고받는 대화 속에 "어찌 말에 가시가 있네"라고 하는 경우를 경험한 적이 있을 것이다. 이는 듣는 이의 감정을 불편하게 하거나 심기를 자극하는 말이나 표현을 비유적으로 이르는 말이다.

우리 삶 속에 '눈엣가시'란 말도 있다. 살아가면서 꼴 보기 싫은 사람이나 보기만 해도 짜증 나는 사람 즉, 몹시 밉거나 싫어서 눈에 거슬리는 사람을 일컬어 쓰는 표현이다.

'목구멍에 가시'란 말이 생각난다. 꼭 해주어야 할 말을 차마 하지 못하고 입 밖으로 내뱉지 못한 말이 목구멍에 걸린 가시처럼 생각날 때마다 마음을 콕콕 찌르는 아픔을 가한다는 의미이다. 또는 하지 말아야 할 막말을 내뱉고 나서 남에게 상처를 준 것이 목에 걸린 가시처럼 참회의 고통이 나를 괴롭힌다는 의미이다.

남의 덕이나 신세로 사는 것이 편치 못함을 꼬집는 말로 '남의 밥에는 가시가 있다'라는 속담이 있다. 이 또한 조심하라는 깨달음을 준다. 그래서 가시의 불편함은 우리 삶 속에 늘 있어야만 하는 것인지도 모른다.

'가시방석'이란 몹시 불편한 상황이나 처지에 놓여 있을 때를 비유한 것인데 흔히 '바늘방석'이라고도 한다.

보이지 않는, 배려 없는 행동이 나타나는 순간 매섭게 찌르기 위해 우리 세 치 혀는 오늘도 만반(萬般)의 준비를 하고 대기하고 있다. 마음속 가시는 평소에는 부드럽고 온순한 가시지만 다른 사람의 무례하고 몰상식한 감정이 쌓이다 보면 어느 순간 단단한 가시보다 더 날카롭고 예리한 칼날이 되어 남의 가슴을 베이고, 찌르고, 할퀴어 상처를 입힌다.

식물의 가시에 찔린 상처는 뽑아내면 아물지만, 인간은 툭 내뱉은 말 한마디에 지울 수 없는 상처를 입기도 하고, 사소한 실수에도 너그러운 줄 모르는 태도로 남의 마음에 피멍을 들게도 한다.

장난삼아 한 말이나 행동이 다른 사람의 마음을 상하게 한다는 '농가상인(弄假傷人)'이란 말처럼, 비록 악의가 아닐지라도 무심코 던진 돌에 개구리가 맞아 죽을 수 있는 경우가 우리 주변에는 종종 발생할 수 있기 때문이다. 부주의한 말 한마디가 싸움의 불씨가 되고 잔인한 말 한마디가 삶을 파괴한다고 한다.

인간에게 돋아난 가시는 바로 당신의 입속에 있는 세 치 혀를 일컫는 말이다. 입속에서 나오는 가시 돋친 말은 무차별적 남의 가슴을 후벼 파 아물지 않는 상처를 남기고, 불특정 다수에게도 수치심이나 고통을 준다. 혀로 인해 상호 간 상처나 아픔을 주지 않게 서로 배려하고 이해하며 포용하는 말이 통용되는 건전한 인간관계가 정립되어야 하겠지!

깊게 박힌 가시는 보이지 않지만 보이지 않는다고 아프지 않은 건 아니다. 보이지 않기에 빼낼 수 없어 계속 아파해야 했다는 가시의 명언을 돌이켜 보면서, 가시의 아픔을 타인에게 당한 것만 생각하지 말고 때로는 나도 타인에게 가시가 될 수 있다는 것을 기억했으면 좋겠다. 입으로 망한다는 "말"이 괜스레 있는 게 아니다.

탈무드에 '물고기는 언제나 입으로 낚인다. 인간도 역시 입으로 걸린다'라는 말이 있다. 이 명언을 잘 새기며 말은 상대방을 배려하는 마음에서 출발해야 한다는 것을 잊어서는 안 된다.

해야 할 말을 안 하는 것은 중간이라도 가지만 하지 말아야 할 말을 하는 것은 침묵보다 못하다는 말도 있다. 우리가 말을 잘하는 것도 중요하지만, 해서는 안 될 말은 절대 하지 않는 것이 더 중요하다는 뜻이겠지.

나이 들수록 인생의 지혜를 터득해 가는 길은 어렵겠지만 적어도 노력하는 자세는 가지고 있어야 한다고 본다. 세 치밖에 안 되는 혀지만 그 끝에서 나오는 말이 독이 될 수도 있고 힘이 될 수도 있다.

은혜 같은 말 한마디가 길을 평탄하게 하고, 부드럽고 즐거운 말 한마디가 하루를 빛나게 하며, 말 한마디에 천 냥 빚도 갚는다는 속담처럼 언행이 사람의 마음을 움직이게 한다는 것을 기억하자.

독이 되는 내 마음속 가시는 세 치 혀를 통해 쏟아내지 않도록 모두 뽑아내어 부드러운 말, 아름다운 언어가 춤추는 마음의 밭으로 가꾸어 가면 어떨지!

어느 병원 카운터에 이런 글귀가 눈에 확 들어왔다.

'당신의 말과 행동이 누군가의 눈물을 흘리게 할 수도 있고 또 다른 누군가에게 힘이 되고, 격려되고, 기쁨이 될 수도 있다.'

'곰은 쓸개 때문에 죽고 사람은 혀 때문에 죽는다'라는 속담을 다시 한번 되새기며, 현명한 당신의 선택이 세상을 밝게 만드는 빛이라는 것을 기억하자.

망팔(望八)에 깨달은 것은?

2021년 4월 9일 목요일 어느 TV 프로그램 중에 지고지순한 한 부부의 삶을 소개하는 다큐를 보았다.

프로그램을 시청하면서 가슴에 진한 감동이 눈시울을 적시게 한 것은 무엇 때문이었을까?

남자와 여자가 사랑으로 만나서 가정을 이루고 부부로 살아간다는 것이 행복만을 좇아갈 수만은 없기에 때로는 서로에게 힘이 되고, 격려되고, 배려하는 과정에 수많은 갈등과 고민, 걱정과 역경을 헤쳐 나가야 하는 어려움과 고난의 아픔이 있었을 것이다.

부부(夫婦)는 누구보다도 서로 의지하고, 믿고, 협력하면서 같은 곳을 바라보며 먼 미래를 향한 여정의 동반자로 함께 가는 앞뒤의 수레바퀴와 같은 존재일 것이다.

부부는 순수한 우리말로 가시버시라 하는데 이는 부부를 겸손하게 이르는 말이라고 한다. 아내를 존중하고 아끼는 남편을 자상한 남편이라고 하며, 남편을 존중하고 위해주는 아내를 현명한 아내라 하여 우리는 이들을 원앙 부부 또는 잉꼬부부라는 애칭도 사용해 왔다.

세상 모든 부부는 대부분 서로를 아끼고 사랑하며 살지만, 그렇지 못한 환경과 사정으로 힘들고 어렵게 살아가는 부부들, 도중에 이혼하는 아픔을 겪는 부부, 살아가는 도중에 함께하지 못하고 떠나보내야 하는 슬픔을 겪는 부부도 종종 보아 왔다.

며칠 전 방영된 부부에 관한 다큐를 보면서 많은 것을 느꼈다.

아내는 50대의 젊은 나이에 일찍 찾아온 치매로 아무것도 기억할 수 없는 세 살 정도 지능으로 행동했다. 그리고 몸도 마음대로 움직이기 힘들어 일거수일투족을 도움과 간호 없이는 살아가기 어려운 처지였다.

남편은 아내의 간병을 위해 직장도 버리고 아내의 손과 발이 되어, 때로는 엄마같이, 때로는 선생님처럼, 때로는 친구처럼, 때로는 다정다감한 남편으로 일인 다역의 역할을 하면서 화내지 않고 싫은 표정조차 없이 참아가며 정성과 희생을 감수하고 있었다. 성인군자가 따로 없는 따뜻한 남편의 모습을 보며 나는 저런 환경이라면 어찌했을까? 하는 의문에 나 자신을 돌아보게 되었다.

무엇을 한다는 건 할 수 있는 모두 걸 포기한다는 의미일진대, 아내를 향한 남편의 일편단심은 5년밖에 살 수 없다는 의사의 진단에도 포기하지 않고 생을 마감하는 날까지 모든 걸 함께하려는 마음, 세상에 좀 더 있다 가게 하려는 굳은 의지와 신념으로 그녀를 일으켜 세우고 붙잡아주었다. 그래서 5년의 예언이 8년이 넘게 이어지는 부부의 애틋하고, 정겹고, 눈물겨운 내용에 나

산수傘壽로 가는 길목에서 희망을 보다

도 모르게 눈물이 흘러내렸다.

그는, 남편이란 때로는 아내가 기댈 수 있는 어깨가 되어주고 때로는 살아가는 나침반이 되어 끝까지 지켜주고, 온갖 고난과 고충을 참아가며 아내를 보살필 의무와 책임이 있는 사람이라는 것을 보여준, 천사의 심성을 가진 사람이었는지도 모른다.

나는 70(古稀)세가 되도록 살면서 무엇을 깨달았을까? 나이 70이 되면 살 만큼 살았다 하여 뜻대로 행하여도 도리에 어긋나지 않는 삶을 살아갈 수 있다는데, 나는 그 나이가 지나서도 언행이 일치하지 않으니 헛된 삶을 살아온 건 아닌지 스스로 반성해 보는 기회도 되었다.

러시아의 대표 문호이자 철학자이신 톨스토이가 그의 소설 속에 던졌던 세 가지 질문이 생각났다.

첫째, 이 세상에서 가장 중요한 시간은 언제인가?

둘째, 이 세상에서 가장 중요한 사람은 누구인가?

셋째, 이 세상에서 가장 중요한 일은 무엇인가?

그는 이 질문에 답을 얻기 위해 70을 넘게 살면서 그 해답을 찾으려 부단히 애를 쓰고 노력한 것 같았다.

아내를 지극 정성으로 간호하고 보살핀 이 남편이야말로 이 세 가지 질문에 딱 맞는 답을 얻고 실행에 옮긴 대표적인 인물이 아닌가 싶다.

이 세상에서 가장 중요한 시간은 '지금'이고 가장 중요한 사람은 '내 옆에 있는 사람'이고 가장 중요한 일은 이 순간 함께 있는 사람에게 집중하는 일(사랑과 정성으로)이라고 했다.

이 남편에게 가장 중요한 시간은 지금이고, 가장 중요한 사람은 내 아내이며, 내 아내를 위해 모든 사랑과 정성 어린 배려를 통해 아내가 즐겁고, 기쁘고, 남은 생을 평안하게 마치는 날까지 아내를 보살피는 일이 자기의 몫이라고 깨달은 것이 아닌가 생각한다.

남편은 아내의 치매 증상과도 싸워야 했지만, 굳어가는 근육을 이완시키기 위하여 맑은 날이나 흐린 날, 강한 바람이 불어도 하루도 거르지 않고 2시간 산을 오르고 내리는 훈련을 함께했다고 하니 아내를 위한 사랑이 얼마나 대단했는가를 짐작게 한다.

아내가 힘들어 나무처럼 우두커니 서 있을 때 채근하거나 화내지 않고 조금만 더 힘내서 정상에 올라가면 당신의 병이 한 발짝 한걸음만큼 좋아진다는 애교 섞인 말로 긍정의 힘을 주었다고 한다.

아내의 치유를 위한 노력은 본인의 의지가 가장 중요하겠지만, 몸도 마음도 포기한 현 상황에서 남편만큼은 강인한 의지와 기개로 아내의 삶을 붙잡아주려는 눈물겨운 노력과 보살핌을 보여주었다.

산을 오르는 이유는 누군가에게는 운동이고, 누군가에게는 산책이고, 다른 누군가에게는 도전이고, 또 다른 누군가에게는 정복의 욕망일 수도 있다. 정상을 오르기 위해 올라가는 과정이 힘들고, 고통스럽고, 지루하고, 견디기가 어렵지만, 일단 오르고 나면 그 누구도 느낄 수 없는 자신만의 정복감에서 오는 희열과 해냈다는 성취감에서 오는 만족감, 자연경관에서 느끼는 황홀감, 어려운 고비 때마다 잘 이겨냈다는 자신감 등 이런 맛에 산을 오르는 것이 아닐까?

하지만 남편에게는 오직 아내와 같이 이승에서의 삶을 조금이라도 함께 하고 싶은 작은 희망의 끈을 놓지 않기 위해 그 고난과 고통의 힘든 과정을 함께한 것 같다.

맨 마지막 남편의 한마디가 가슴을 적신다.

'올라갈 때는 오직 나아져야 한다는 일념으로 정상만 바라보고 올라가고 어제보다 나아졌다는 기대감으로 내려오니 눈 앞에 펼쳐진 세상에서 희망이 보이더라.' 목표를 위해 열심히 달리고 걸어온 남편은 그 어떤 욕심도 욕망도 버리고 아내를 위한 소박한 희망만을 기원하며, 고달픈 육체를 이끌고 주저앉으면 일으켜 세우고 넘어지면 붙잡아주고 그렇게 의지하고 위로하며 걷고 또 걸어갔겠지.

이 세상에서 가장 필요한 사람은 옆에서 그를 보호해 주는 남편이며 가장 행복한 사람은 단 한 명일지라도 남편으로부터 사랑을 받는 그의 아내라고 생각한다. 이 세상에서 단 한 사람인 아내는 남편에게 있어서는 가장 귀한 사람이었기 때문일 것이다.

아내를 위해 자신의 안위와 영달을 버리고 오로지 모든 것을 희생한 남편에게, 마지막 가는 날 아내가 꼭 해주고 싶은 작은 한마디 "당신이 있어서 참 행복했습니다" 그리고 "고마웠습니다."라는 말이 그녀의 얼굴에서 환하게 피어난 것처럼 보였다. 그 미소는 이 세상에서 가장 예쁘고 멋진 웃음꽃이 아니었을까?

나도 언젠가 늙어 병들고 힘에 부쳐 기력이 쇠할 때 누가 나를 부추겨주고 보호해 줄 것인가에 대해 많은 생각이 머릿속을 혼란스럽게 휘젓는다.

나이가 들어가면 죽는 것이 두려운 것이 아니라 병들어 눕거나, 사지를 못 쓰고 거동이 불편할 때, 또 치매에 걸려 주변 사람들에게 민폐를 끼치지나 않을까 하는 것이 걱정이다. 자식들에게 불편과 고통을 안겨주는 일은 결코 없어야 한다는 것과 그렇게 되지 말아야 한다는 다짐을 하지만 마음먹은 대로 되는 것은 아니기 때문이다.

결코 없어야 하지만 나에게 다가오고 있다는 두려움, 그렇게 되지 말아야 한다는 다짐, 내 의지대로 하지 못하는 안타까움 속에 세월은 그렇게 무정하게 흘러가고 있다.

세상에 태어날 때는 많은 사람들의 축복과 사랑 속에 혼자 왔지만, 갈 때도 혼자 가야 하기에 저승 가는 길에 이승에 외로움이나 그리움을 던져주고 가는 것이 인생이란 생각이 든다.

김광석 씨가 부르는 어느 60대 노부부의 이야기 한 구절이 가슴을 후벼 파며 마음에 파동을 만든다.

세월은 그렇게 흘러
여기까지 왔는데
인생은 그렇게 흘러
황혼에 기우는데
다시 못 올 그 먼 길을
어찌 혼자 가려 하오…

고장 난 벽시계는 멈출 줄도 아는데 흘러가는 세월은 쉬어 갈 줄도 모르다니!

산수傘壽로 가는 길목에서 희망을 보다

봄은 오가고 하건만(春盡有歸日)

늙음은 한번 오면 갈 줄을 모르네(老來無去時)

— 작자 미상의 推句 중에서

마스크

　마스크! 한순간에 우리들의 입을 막아버렸다. 소통도, 만남도 벽에 막혀 우울증에 시달리는 나날에 삶의 의욕도 꺾이고 말았다.

　2020년 1월 우리는 매스컴을 통해 코로나-19라는 신종 전염병이 유행할 것이라는 뉴스를 보고 처음에는 의아해했다.

　과거로부터 많은 사람이 질병으로 사망하거나 고통을 겪어왔지만 그렇게 세상을 깜짝 놀라게 하지는 않았었다.

　2003년에는 중증 급성 호흡기증후군인 사스(SARS)가 세상을 떠들썩하게 했고, 2014년에는 에볼라 바이러스가 유행 당시 사상 최악의 치사율을 보이며 전 세계를 공포에 떨게 했으며, 2015년에는 중동호흡기증후군인 '메르스' 사태로 세계는 큰 홍역을 치러야 했다.

　바이러스는 일정 기간을 주기로 이렇게 흉악하고 매서운 전염병으로 둔갑하여 많은 사람에게 공포감을 안기고 고통으로 죽어가게 했다.

　　　　　산수傘壽로 가는 길목에서 희망을 보다

메르스와 사스는 모두 코로나바이러스가 일으키는 호흡기 질환으로 치사율은 사스 < 에볼라 < 메르스 순으로 나타났다는 통계가 있다.

이런 바이러스 종류가 옛날에는 없었던 게 아니라 과학이 발전하지 않아서 확인 안 된 상태였을 뿐 과거에도 여러 종류의 전염병들이 돌고 돌았던 것으로 기록에 남아있는 것을 볼 수 있다.

그 옛날에는 지진, 화산 폭발, 홍수, 화재, 태풍 등 자연재해와 전쟁으로 인해 인명피해가 일어났지만, 요즘은 사회 과학의 발전과 기술의 발달로 미세한 균체까지도 찾아내는 혁신적인 변화에도 바이러스는 변종을 일으켜 비웃기라도 하듯 공격해 오곤 한다.

마스크는 이런 바이러스 전파를 막기 위해 사용되거나, 범죄를 일으키는 범인들이 자기를 은폐하는 데 사용하기도 한다. 우리가 흔히 볼 수 있는 상황은 그저 감기 환자가 사용하거나 의사가 환자를 진료할 때 사용한다든지, 먼지가 일어나는 작업장이나 광산에서 채광에 종사하는 분이 사용하는 것, 꽃가루로 인한 알레르기나 비염 예방을 위한 것이다. 또는 어떤 정책이나 사회 이슈를 알리는 데 마스크에 X자를 그리고 시위하는 현장 이런 곳에 사용하는 줄로만 알아 왔다.

2020년 1월부터 시작된 코로나-19 바이러스의 등장으로 세상 사람들을 두려움과 공포의 세계로 몰아넣는가 하면 전 세계로 무서운 속도로 전파되어 감염을 일으키며 거짓말처럼 국경이 닫혀버리고 세상이 꽁꽁 얼어붙은, 상상도 못 할 사태가 일어났다.

지금까지 발생한 극악무도할 만큼의 파괴력과 전염력을 가진 사스, 에볼라, 메르스의 공통점은 감염 증상이 38℃ 이상의 고열과 기침, 호흡곤란, 극심한 두통과 근육통, 오한 등 감기 증상이 보이다가 폐렴, 호흡부전증후군으로 사망하는 예도 있다는 것이다.

그러나 코로나-19로 명명된 이 바이러스는 위의 바이러스와 다른 점이 무증상 감염으로 소리 없는 전파를 일으킨다는 특징을 보인다는 것과 자기가 이길만한 사람을 골라 공격하는 스타일로 젊은 사람보다는 노인들을, 그것도 만만한 기저질환자를 선택적 무차별적으로 공격을 한다는 특징이 있는 것 같다.

이것들은 공기를 통해 비말이 퍼져 감염을 일으키므로 마스크만이 유일한 예방으로 알려져 나도 쓰고, 너도 쓰고, 아들 며느리도, 손자 손녀도, 할아버지 할머니도, 이웃집 아저씨와 아주머니도 모두 써야만 했다. 그것뿐이겠는가 반려견과 반려묘까지 마스크를 채워야 하는 진풍경도 벌어지곤 했다.

마스크를 쓰는 이유는 타인으로부터 자신을 보호하고 자신으로부터 타인을 배려한다는 취지에서일 것이다.

그래서 우리는 방역 당국으로부터 감염병 예방을 위해 마스크 착용, 30초 동안 손 씻기, 사회적 거리 두기 등의 방역 수칙 준수에 대한 강력한 조치에 귀가 아프고 눈이 피로할 정도로 듣고 보고 그리고 지켜왔다.

이제 마스크는 습관처럼 써야 하는 하나의 일상이 되었고, 마스크를 하지 않고 거리에 나가면 쓰지 않은 사람은 비정상적인 사람으로 취급당하는 현상까지 나타나고 있다.

코로나가 한창 확산하고 있을 때 마스크 한 장을 사기 위해 긴

산수傘壽로 가는 길목에서 희망을 보다

줄을 서야 했던 때도 있었고, 요일제 구매에, 주민등록증까지 제시하는 웃지 못할 풍경도 우리는 경험하게 되었다.

코로나-19는 사회, 경제, 문화, 교육, 스포츠, 여행, 레저 모든 분야에서 과거의 행위와 형태를 180도 바꾸어 놓는 기현상을 초래하여 비대면(非對面), 언텍트, 온텍트란 신조어도 탄생시켰다.

코로나 때문에 생활이 피폐해지고 모든 대인관계가 단절되어 우울감이나 불안감이 생겨나고 그래서 불편한 사회관계가 지속되다 보니 코로나 블루라는 말도 만들어진 것 같다.

갓난아기에게 마스크를 씌우려는 부모와 안 쓰려고 바둥대는 아이와 전쟁, 코로나-19의 장기화로 회사는 재택근무로, 학생들은 비대면 수업으로, 각종 예배나 공연은 모두 화상으로 진행하고, 5인 이상 집합 금지로 자영업자는 줄줄이 폐업이나 도산하고, 모든 유흥 오락 시설은 폐쇄되어 갈 곳이 없고, 회사는 경영 악화로 실업자는 늘어나고, 하늘길도 막혀 여행도 어렵고, 명절마다 가족 상봉을 못 해 이산가족이 되고, 그래서 집에서만 활동하다 보니 무기력증과 스트레스 축적으로 우울증이 나타나고 머리가 '띵' 하고 돌 만큼 괴로웠다.

결혼식장에 가보면 가족 친척 사진이나 친구 동료 사진 촬영할 때도 마스크를 쓴 채 사진을 찍으니 20년쯤 지나 자녀들이 그 사진을 보면서 왜 모두 마스크로 얼굴을 가렸지? 라는 엉뚱한 질문을 하지 않을지, 어떤 상상의 이야기를 할지 무척 궁금하다.

내가 아는 외국 기업에 다니는 한 쌍의 부부는 아이를 출산하기 위해 한국에 들어왔다가 국경을 봉쇄하는 바람에 태어난 아이가 두 살이 넘도록 돌아가지 못하는 어처구니없는 상황도 벌어졌다.

　이제는 마스크 없이 삶을 산다는 것은 꿈조차 꿀 수 없는 세상으로 바뀌는 게 아닌지 걱정이 되었다. 코로나-19는 한마디로 이런 현상을 잉태시켜 세상을 온통 혼돈의 세계로 만들었다.

　카카오톡에 올라온, 가슴을 뭉클하게 만든 어느 한 할머니의 절규에 가까운 간절한 기도는 이렇게 시작되었다.

　코로나-19는 우리가 얼마나 거짓에 막말을 했으면 마스크로 입을 다 틀어막고 살라고 합니까?

　우리가 얼마나 다투고 시기하고 미워했으면 거리를 두고 살라고 합니까?

　그래서 모두 비대면 아니면 양팔 벌려 사이 띄우기, 음식점 식탁마다 칸막이가 등장하고, 공항이나 관공서에 업무를 보러 갈 때도 1m 띄워서 줄서기, 영화관이나 공연장에서도 한 칸 띄워 앉기, 온갖 행동의 제약과 통제 속에 힘든 나날을 보냈다.

우리가 얼마나 열을 올리고 살았기에 가는 곳마다 체온을 체크하고 얼마나 비밀스러운 곳에 다녔으면 가는 곳마다 연락처를 적으라 합니까?

음식점에 들어갈 때도 열을 재고 가는 곳마다 연락처를 적고 온갖 모임이나 행사에도 5명 이상 모이지 못하게 했으며, 비대면 화상으로 수업을 듣고 공부를 해야 했던 코로나 시기를 보냈다.

마스크를 쓰지 않고 버스를 타거나 지하철을 타면 딴 세상에서 온 것처럼 경계 대상이 되고, 사람들이 무슨 괴물이 나타난 것처럼 외면해 버리거나 차가운 시선으로 쏘아보는 모습도 한 번쯤은 겪어보았을 것이다.

전 세계 인구의 35분의 1인 2억 명이 감염되고 500만 명이 사망하는 초대형급 바이러스에 그저 束手無策이고 啞然失色할 정도다.

코로나바이러스가 전 세계를 강타한 이후 2020년은 한 번도 경험해 보지 못한 시대를 겪으면서 우린 많은 것을 잃었다. 코로나-19는 인간 세상에 나타난 무서운 재앙이자 가장 혹독한 비극이었다. 더욱이 일 년이 지나고 두 번째 해가 왔는데도 아직도 기승을 부리는 걸 보면 인정사정 보지 않는 뻔뻔한 놈인 것만은 확실한 것 같다.

그중에서 가장 슬프고 안타까운 것은 바이러스 감염으로 허망하게 생명을 잃은 사람들이 지구 역사 중 가장 많이 발생했다는 것과 그로 인해 오프라인에서 온라인 세상으로 변해 불편하고 부자유스럽게 변한 것이라는 생각이 든다.

마스크를 씀으로써 장단점이 있고 개인에 따라 다르겠지만, 내 기준으로 볼 때 놀라운 변화 중 하나는 모든 사람이 입과 코를 가려 시원한 이마와 예쁜 눈썹과 아름다운 눈동자만 보인 그 모습이 착하고 아름다운 선녀로 보이게 하는 순간적인 착시를 일으키는 점도 있다고 본다. 그리고 아는 사람인 것 같아 반가운 마음에 아는 척을 했더니 다른 사람이어서 실수를 연발하고부터는 아예 거리감을 두게 된 것도 변화의 하나이다.

하루빨리 코로나가 종식되어 예전의 평화롭고 자유로운 시절로 되돌아오기를 바랄 뿐이다.

이 난국에 이만큼 생명을 지키고 사태를 극복하는 데는 당연히 의사와 간호사들의 헌신적이고 희생적인 노력 덕분이며, 생명의 위험을 무릅쓰고 전국에서 달려와 준 봉사자들, 그리고 정부의 방역 지침을 아주 아주 잘 지키고 참고 견디어 온 대한민국의 모든 국민이 이 시대의 영웅이라고 말하고 싶다.

2020년에는 이런 영웅들이 있었기에 더 빛났던 것 같고 버텨 낼 수 있었던 것 같아서 그분들께 진심을 담아 '수고하셨습니다'라는 말도 전하고 싶다.

마스크가 있어 다행이었고 너로 인해 지금까지 살아있음에 감사하다는 말도 보태고 싶다. 그러나 마스크의 역할은 크고 위대했지만, 대다수 사람은 하루빨리 훌훌 벗어던지고 '마스크! 안녕' 하는 날이 오기를 학수고대하고 있다.

어느 한 할머니의 마지막 기도는 이렇게 끝을 맺었다.

산수傘壽로 가는 길목에서 희망을 보다

'부디 재앙과 고통은 여기서 멈추고 근심 걱정 없고, 즐겁고 행복한 세상, 사랑이 넘치는 아름다운 세상으로 되돌려 주세요.'

한겨울의 찐 맛!

　매서운 날씨에 기온이 뚝 떨어졌다.

　친구가 말했다. '겨울은 추워야 제맛이 난다고.' 그리고 보니 겨울다운 추위를 느끼려는 순간 매서운 칼바람이 얼굴을 할퀴며 지나가 정신이 혼미해진다.

　이럴 때 먹는 제철의 보약이요. 별미인 한겨울의 찐 맛!

　지금까지 이런 맛은 없었다.

　시원하고 칼칼한 맛은 물론이고 추위를 날려 보내는 매력의 겨울철 별미!

　탕 속에 부드러운 고기의 맛도 좋지만, 부산물로 들어가는 이것 때문에 더 깊고 그윽한 맛을 배가시켜 주는 겨울철 음식의 대명사이자 서민들의 단골 메뉴로 꼽히는 이것을 먹으러 갔다.

　뚝배기에 담아 맛있고 먹음직스럽게 끓여 나오는 1인분용으로 그 속에는 토막 낸 고깃덩어리와 부산물들이 함께 들어있고 바라만 봐도 먹음직스럽고, 냄새만 맡아도 얼큰한 맛이 코끝을 자극하여 식욕을 일깨웠다.

　　　　　　산수傘壽로 가는 길목에서 희망을 보다

한 숟가락 국물을 떠서 맛을 보니 칼칼하고 얼큰한 맛이 목구멍을 흘러내릴 때는 정말 시원하게 느껴지면서 매혹적인 향이 나를 자극한다. 눈으로 맛보고 냄새로 음미하고 먹는 이것을 사람들은 섞어탕이라고도 부른다.

이는 한반도의 동해와 오호츠크해, 베링해, 북태평양 바닷속을 종횡무진 유영하며 자유롭게 살아가던 중 한 어부의 그물에 걸려 비운의 생을 마치고 한꺼번에 배 갑판 위로 올라왔다.

일부는 살아 있는 상태로 운반되고, 일부는 죽었지만 얼리지 않고 그대로 유통되는 것도 있고, 배 안에서 차가운 얼음을 뒤집어쓰고 불쌍하게 얼어 죽어 미라처럼 변한 놈도 있다.

바다에서 살아 숨 쉴 때의 그 이름은 명태(明太). 명태란 이름이 생긴 유래는 이렇게 만들어졌다고 한다.

이유원(李裕元)의 《임하필기(林下筆記)》[4]에서는 "명천(明川)에 태(太)라는 성을 가진 어부가 있었는데 어떤 물고기를 낚아 주방 일을 맡아보는 관리로 하여금 도백(道伯)에게 바치게 하였던바, 도백이 이를 아주 맛있게 먹고 그 이름을 물으니 모두 알지 못하였고 한다. 다만 이 물고기는 태가라는 어부가 잡은 것이니 도백이 이를 명태(明太)라고 하는 것이 좋겠다고 하였다."라고 전한다.

명태의 유년 시기일 때의 이름은 '노가리'라고 하고 명태와 비슷한 어류 즉, 명태의 사촌쯤 되는 물고기가 바로 '대구'인데, 크기가 훨씬 크고 턱 밑에 긴 수염이 나 있는 놈이 대구다.

---

4   다음 백과사전

탕 속에 들어있는 꼬불꼬불하게 생긴 뇌 구조와 흡사한 모양으로 보이는 부속물이 뭔지 아시는지? 먹어보지 않는 사람은 맛도, 생김새도 모르니 표현이 어려울 것이다.

이것이 바로 '이리'라고 하는 수컷 명태의 정소! '곤이'는 암컷 명태의 난소에 해당하는 알(알집)을 일컫는 말이다.

명태란 살아 있을 때 이름이고 죽어서 여러 형태의 모습으로 둔갑하는데, 명태를 반쯤 건조해 놓은 것이 '코다리'고 그대로 바닷가에서 말린 것이 '북어'라고 한다. 북어는 정말 인간의 생활 속에 유용하게 이용되고 있다. 사람들이 명태를 잡아다가 바짝 말려서 건조한 미라 같은 것이다.

그리고 북어 몸뚱이를 고사 지낼 때 실에 묶어 대들보에 매달거나 떡시루에 올려놓고 제를 올리는 데 사용한다. 고사(告祀)는 축원하는 뜻으로 계획하는 일이나 집안을 잘되게 해달라고 음식과 과일을 차려놓고 실타래로 칭칭 감아 신령님께 제사를 지내며 소원을 비는 행위이다. 북어가 그렇게 신통성이 있고 효험이 있는 물고기인 줄은!

아마 신령님이나 잡귀들이 북어를 엄청나게 좋아한 건 아닐까.

명태는 잠잘 때 어떻게 잘까? 눈을 뜨고 자서 온갖 잡귀와 도둑을 지킨다고 한다. 그래서 북어는 죽어서도 눈을 부릅뜨고 있다.

고사상에 올리는 북어는 눈이 투명하고 반짝 빛나는 것을 골라 써야 한다. 생기가 없고 몽롱하며 사물을 잘 구분하지 못하는 눈을 가리켜 동태눈이라고 비아냥거리기도 하는데 한 번쯤은 들어봤을 것이다.

북어를 변화시키려고 방망이로 사정없이 두들겨 패서 뻣뻣한

몸을 얇게 펴서 부드럽게 만들어 놓은 것이 '포(脯)'다. 명절이나 제사상에 올리기 위해서 만든다. 비록 죽은 북어지만 그래도 방망이로 얻어맞는 심정은 좋지 않았을 듯.

아버지가 술을 잔뜩 마시고 들어오면 다음 날 아침에 이것으로 콩나물 북어 해장국을 끓여 마시면 속이 확 풀린다고 한다.

사람들은 뜨겁고 매콤한 국물을 마시면서 왜 시원하다고 했을까? 어릴 땐 이해가 안 되었는데 내가 술을 먹고 나서 다음 날 먹어보니까 그 맛을 알겠다. 이때의 '시원하다'라는 의미는 국물 따위의 맛이 텁텁하지 않고 산뜻해서 속이 후련해진다는 의미이다.

북어는 가죽(껍질)도 콜라겐이 많아서 육수를 내는 데 이용되고 있어 하나도 버릴 것이 없다고 한다. 명태를 북어로 말릴 때 내장을 모두 빼내는데 명태알은 명란젓, 내장은 창난젓을 만들어 먹는다.

옛날부터 내려오는 풍습으로 처녀·총각이 장가를 들면 신붓집에 사흘 묵는데, 이때 동네 청년들이 신랑을 거꾸로 매달고 통북어를 들고 신랑 발바닥을 치면 장모님이 술상을 내어 대접하는 '신랑 다루기'가 있다. 좀 짓궂긴 해도 익살스러운 면도 있어 구경거리는 된다. 지금은 결혼문화가 바뀌어 없어져서 보기가 어렵다.

발바닥 때리는 일은, 생리학적으로 발바닥에는 중요한 혈이 있어 앞쪽 움푹한 곳에 있는 용천혈에 자극을 주어 성적(性的) 기능을 활성화한다는 뜻이 담겨 있다고는 하는 데 과학적인 근거가 있는지는 모르겠다.

이것은 왜 모양이 누리꾸리한 것일까?

이것은 본래 강원도나 대관령 등지에서 밤에는 온도가 내려가 얼고 낮에는 햇볕에 다시 녹는 것을 반복하여 서서히 건조하면서 얼고 녹고를 반복하여 노랗게 변한 것이다. 그게 바로 황태(黃太). 이름이 너무 좋지 않은가? 황태로 국을 끓이면 과음 후 시원하게 속을 푸는 해장국으로도 최고이다. 숙취에 이것보다 좋은 것은 없다. 몸살감기에 걸렸을 때도 뜨거운 국물을 마시고 땀을 내면 거뜬히 회복되어 빠르게 좋아진다고 한다.

황태로 가늘게 채를 썰어 무침으로 만들면 힘들고 고달플 때 서민들의 술안주 요리로 제격이다.

명태를 바닷가에서 건조할 때 반쯤 건조해서 출하되는 것은 코다리라고 한다. 이것을 조림이나 찜으로 요리하면 그 맛이 끝내주므로 사시사철 먹으러 찾아오는 이가 많아 인기가 하늘을 찌른다.

배 위에서 명태란 놈을 잡아 바로 얼음이나 냉동실에 넣고 얼어 죽게 해서 다시 태어난 것이 동태(凍太)! 동태탕! 맛이 그냥 죽여주지! 겨울의 별미, 맛의 왕자, 추위를 이기는 보약 등으로 명성이 자자하다.

산수傘壽로 가는 길목에서 희망을 보다

이것에 소주 한 잔 추가하면 서민 먹거리로는 더할 나위 없이 최고다. 생태탕은 동태탕보다 부드럽고 신선하고 맛도 있는데 조금 비싼 편이다. 동태찜도 있긴 있는데 아귀찜보다는 맛이 덜 하지만, 그런대로 먹을 만하다.

동태를 얇게 포를 떠서 명절이나 제사상에 동태전을 만들어 사용하는데, 통계에 의하면 초등학생 중 17%가 선호하는 생선으로 뽑히기도 하였다. 동태로 생선가스도 만들어 먹는다.

이밖에 명태의 다른 명칭에는 짝태, 왜태, 망태, 조태, 난태, 꺽태 등 아주 다양하고 많은 이름으로 불린다.

동태탕에는 동태와 곤이와 이리가 들어가 섞여 천상의 맛을 낸다. 맛은 국물을 마시고 느끼는 것도 있지만, 맛의 80%는 음식물이 풍기는 냄새가 결정한다. 따라서 맛은 혀로 느끼는 것도 있지만 코로, 귀로, 눈으로, 함께 느낄 때 가장 맛있는 조합이 탄생한다.

하버드대학교 리처드 랭엄 교수는 인류 역사에서 가장 중요한 발명은 도구도, 언어도, 문명도 아닌 바로 요리라고 주장했을 만큼, 인간에게 있어서 가장 중요한 것이 바로 먹거리 요리의 발전으로 맛을 개발해 가는 것이라고 했다.

같은 요리라도 요리사에 따라 어떻게 요리하느냐에 따라 맛과 영양, 풍미와 자극이 달라지기 때문에 맛있다고 소문난 식당 앞에는 손님들이 줄을 서서 기다리는 광경을 자주 목격하게 된다. 그 맛을 보기 위해 다시 찾고, 먹고 싶은 생각이 난다면 그 요리는 대중들의 사랑을 받는 음식이 아닐까?

세상에서 제일 큰 새는 먹새이고 인간의 욕구 중 제일은 식욕

이라 한다. 웅크렸던 당신의 몸을 녹여줄 '탕'이 기다리고 있는
겨울이 있기에 지나가는 추위도 두렵지 않고 기다려지는 이유가
그 맛! 뚝배기 속에 있다.

산수傘壽로 가는 길목에서 희망을 보다

건망증 소동(騷動)

辛丑年 소의 해가 저물고 壬寅年 호랑이해가 밝은지 얼마 안 된 1월 5일 아내와 함께 E마트에 갔다.

가는 김에 오랫동안 사용하지 않던 손목시계의 전지를 교체키 위해 마트 내 시계 판매수리점에 들렀다. 그곳에는 내 앞 손님이 전지를 교체하고 있었고 나는 차례를 기다리고 있는데 앞 손님의 수리가 끝나 비용이 7,000원이라고 했다.

건전지 하나 갈아 끼우는데 너무 비싸다는 느낌을 받으며 내 시계를 건네주고 잠시 기다리니, 전지 교환비가 5,000원이라고 한다.

왜 차이가 나느냐고 묻자, 앞 손님 시계는 비싼 거고 내 시계는 좀 싼 거라 그렇다고 하길래 순간 살짝 기분이 나빠졌다.

시계를 건네받으면서 '오늘은 높으신 분들이 주신 시계만 수리하네.'라고 한다. 앞 손님은 경찰청장님 주신 시계, 내 것은 대통령님이 주신 시계라고 하면서 기분이 좋은 듯 웃으면서 '수고들 많이 하셨네요.'라고 한다.

사실 내 시계는 34년간 교육공무원으로 근무하고 퇴임한 공로로 대통령이 하사한 격려 선물이다.

긴 세월 투철한 교육관과 사명감을 가지고 열과 성을 다하여 아이들 교육에 헌신한 공로로 받은 시계이지만, 그 시계의 가치보다 국민 교육의 수임자로서 존경받는 스승이요, 신뢰받는 선도자로서 스승의 길을 걸어왔다는 의미가 담긴 시계였기에 나에게는 특별히 소중하게 여기는 물품 중 하나였다.

수리가 끝난 후 마트 내에서 쇼핑을 마치고 계산대에서 정산한 후 쇼핑카트를 끌고 승강기를 이용하여 5층 주차장에 도착하였다. 차 트렁크에 짐을 싣고 영수증을 찾느라 주머니 속에 손을 넣어 보니 영수증은 있는데 아까 수리한 시계가 없었다.

모든 주머니를 다 뒤져봐도 없다. 순간 앞이 아찔했다. 아마 쇼핑 도중 주머니에서 자주 손을 넣다 뺐다 반복하는 동안 바닥에 떨어진 것이 아니면, 소매치기를 당한 것 같다는 막연한 의심이 뇌리에 스쳐 지나갔다.

34년간 천직으로 교직에 몸담은 봉사로 받은 선물인데 내 실수로 잃어버리다니, 나의 멍청함을 질책하며 시계 수리점으로 달려가 '아까 시계 저에게 주신 거 맞죠' 하고 물었더니 분명 나에게 건넸다고 한다.

나는 내가 거쳐온 매장 3층과 2층 그리고 1층을 차례로 찾아 헤맸으나 시계의 흔적은 오리무중이었다. 어디로 갔을까? 어디서 흘린 것인가? 하는 수 없이 체념하고 5층 주차장으로 돌아와서 차에 승차하고 시동을 거는 순간 아! 이게 웬일인가? 그렇게 헤매고 애타게 찾던 시계가 왼쪽 손목에 차 있는 게 아닌가?

산수傘壽로 가는 길목에서 희망을 보다

아무리 생각해도 모를 일이다. 시계를 찾았다는 안도의 순간 이게 건망증인지 치매 증상의 시작인지 별생각이 다 떠올랐다.

이제 내 나이 72세인데 벌써 건망증이 심해진 것인가? 치매기가 나타난 것인가? 건망증이나 치매가 나타날 시간도 되긴 했지만, 갑자기 나타난 것에 당혹스러웠다.

치매(癡呆)가 나타나는 나이는 정해진 게 아니고 언제 누구에게나 성별에 무관하게 나타날 수 있는 노인성 질환이기 때문에 나라고 예외는 아니잖은가? 반신반의하면서 집에 와서 얼른 치매에 대한 인터넷 검색을 했다.

치매 초기증상으로는 인지 기능 저하, 잠꼬대, 수면장애, 손발 저림, 기억력 저하, 행동 장애 등이 나타난다고 하는데 요즘 내게 위의 증상 중 4가지가 해당하니 초기증상은 아닌지 무척 걱정되었다.

시계를 잃어버린 아쉬움보다 치매 증상이라면 어떡하지 하는 두려움과 앞날에 대한 공포감이 더 머릿속을 압박해 왔다.

더 자세한 내용을 검색해 보니 신체활동, 금연 여부, 음주량, 양질의 식습관, 두뇌활동 증가 등 이 중 4가지 이상일 때 치매에 걸릴 확률은 현저히 낮아진다고 했다. 그러므로 나는 치매보다 건망증 쪽에 속한다고 스스로 결론을 내리면서 나를 위로하고 진정하려 애를 썼다.

건망증은 일반적으로 기억력 저하로 생기며, 지남력이나 판단력은 정상이어서 일상생활에는 지장을 주지 않는다고 하니 안심이 되면서 마음이 홀가분해졌다.

치매는 걸려서도 안 되지만, 상상도 할 수 없을 만큼 암보다도 더 고통스럽고 잔인한 형벌인 동시에 세상에서 가장 슬픈 병이다. 그래서 치매를 마음이 지워지는 병이라고 말한다.

이런 슬픈 병은 노년의 삶을 살아가는 다수의 노인에게 공포와 두려움의 대상이며, 나이가 들어갈수록 누구도 피해서 갈 수 없는 현실이 되고 있다.

치매 증상이 찾아오면 시간이 흐를수록 내가 아닌 다른 괴물로 변해간다는 사실과 더 먼 훗날에는 내 가족과 헤어져 요양원으로 가야 한다는 강박에서 오는 두려움과 외로움이 그들을 고통 속으로 몰아간다. 나이 듦에 이런 슬픈 병에 걸리지 않도록 스스로 노력하는 것이 최선의 예방이 아닌가 싶다.

치매를 한자어로 풀어보면 '어리석을 치(癡), 어리석을 매(呆)'로 나타내는데, 그대로 옮기면 '어리석고 또 어리석은'이라는 뜻으로 풀이가 된다. 그래서 치매라고 부르는 것이 조금은 환자들을 경멸하고 모멸감을 주는 단어로 비하되는 경향이 있다고 한다.

치매와 비슷한 말에는 '노망(老妄)' 또는 '망령(妄靈)'이란 말이 있다. 이렇게 바꿔 부르면 조금은 인간적이고 누구나 늙어가면 생길 수 있는 자연적인 현상이라는 의미가 있지 않을까 하는 생각도 해본다.

"개똥밭에 굴러도 이승이 낫다"라는 표현은 건강한 노인들에게나 어울리는 말일 것이다. 치매로 고통받고 가족을 파탄 낸 치매 환자라면 "이승보다 저승으로 가는 게 훨씬 낫다"라고 대답할 것이다. 그것은 고통과 두려움의 공포, 차가운 시선과 냉대로부터 해방되기 위함이 아닐까?

거짓말

　사람은 살아가면서 바른말과 올바른 행동만 하고는 살 수가 없다. 때로는 본의 아니게 거짓말을 할 경우도 생기고 의도적으로 거짓말을 하는 예도 있다.

　그럼, 거짓말을 하는 이유는 무엇일까? 거짓말은 자기가 처한 상황을 벗어나기 위해 또는 무언가를 숨기는 것이 자기에게 유리할 때 하는 것 같다. 즉, 이익과 손해 선택의 기로에서 취하는 행위라고나 할까?

　물론 장난으로 하는 경우도 종종 볼 수 있다. 어떤 목적 달성을 위해 그게 나쁜 쪽이든 좋은 쪽이든 계략이나 전략이 깔린 것만은 분명한 것 같다. 아무리 철저하게 꾸며진 거짓말도 언젠가는 들통나게 마련이다.

　거짓말은 당장 위기는 모면할 수는 있지만, 전에 했던 거짓말을 들키지 않기 위해서 계속해서 더 큰 거짓말, 더 많은 거짓말을 할 수밖에 없다.

　거짓말을 하려면 최소한 7가지의 거짓말이 필요하다는 속담도 있듯이, 자꾸 하다 보면 언젠가 들통나게 되어 있다. 풍선을 불면 점점 커지다가 나중에 '펑' 터지듯이 말이다.

우리는 생활 속에서 자연스럽게 거짓말과 공존하며 살아왔고 또 살아갈 것이다.

범죄 심리학자 폴 에크만 박사는 사람은 8분마다 한 번씩 거짓말을 하며 하루 최소 200번 정도는 거짓말을 한다고 했다.[5]

이건 좀 과장된 것 같기는 하지만 거짓말을 하지 않고 사는 사람은 없다고 본다. 이것으로 미루어 신은 인간에게 태어나면서 거짓말하는 능력도 함께 주신 것 같다.

그렇지 않다면 식물도 자기가 살아가는 유리한 쪽으로 뿌리나 줄기가 뻗어 나가듯, 사람도 성장하면서 자기방어나 유리한 쪽으로 가기 위해 거짓말을 습득하는 것 같다.

거짓말을 하면 신체 여러 기관이 반응을 일으켜 거짓말임을 알아차리게 하는 눈치도 함께 선물한 것으로 보인다. 사람이 거짓말을 하면 긴장하므로 자율신경계에 급격한 변화가 일어나 맥박이 평소보다 빨라진다든지, 식은땀이 흐른다든지, 얼굴도 빨개지고, 코 주변의 온도가 올라가는 등 여러 증상이 연구로 인해 밝혀지고 있다.

거짓말의 정의는 사실이 아닌 것을 사실인 것처럼 말하는 것 즉 진실이 아닌 것을 말한다. 사람을 제외한 동물은 거짓말할 줄 모른다.

그러나 인간은 사고, 감정, 언어의 표현, 수행 능력 등을 동원

---

5   다음 백과사전

하여 거짓말하는 기술도 점점 다양하게 진화시켜 가는 것 같다. 보이스 피싱, 증권가 찌라시, 정치인의 말, 각종 펀드 사기, 아파트 분양사기, 각종 광고 문구, TV 쇼핑, 인터넷 등 최근에는 온라인을 통한 상대방 비방, 욕설, 험담, 폭언 등 이루 말할 수 없는 피해가 나타나고 있다.

거짓말은 처음에는 부정되고 그다음에는 의심받지만, 자꾸 되풀이하면 결국 모든 사람이 믿게 된다. 반복을 통해 세뇌되어 '그런가' 하는 믿음으로 이어진다는 것이다.

거짓말은 아주 단순한 것에서부터, 다른 사람의 삶의 질을 파괴하고 인생을 파탄시키는 엄청난 피해를 주는 경우까지 다양하게 전개되고 또 발전해 왔다.

거짓말을 할 때 아무런 죄의식을 느끼지 않고 습관적으로 하다 보면 지인들 사이에서 점점 믿음이 사라져 신용불량자로 전락하여 인간 이하의 취급을 당하는 일도 있다. 그 예가 바로 이솝우화에 등장하는 "양치기 소년"이다.

거짓말의 종류는 어떤 것들이 있을까?

첫째 빨간 거짓말이다. 속이 뻔히 들여다보이는 터무니없는 거짓말로 나쁜 마음을 가지고 사람을 속이려는 불순한 의도로 하는 것이다. 소위 새빨간 거짓말이라고도 한다.

도덕과 윤리뿐만 아니라 타인의 마음에 상처와 피해를 주므로 법에 저촉될 소지가 있으며 인간관계 형성에도 좋지 않은 영향을 줄 수 있다. 우리 사는 세상에 가장 많이 유통되고 있는 거짓말일 것이다.

특히 정치하는 사람들이 가장 많이 사용하는 단골 메뉴로, 우리 생활 속에 뿌리 깊게 정착된, 그러면서도 아무렇지도 않게 태연하게 떠들어대는 거짓말이 아닌가 한다.

둘째 하얀 거짓말이다. 사람에게 희망과 위안을 주기 위해 일부러 하는 선한 거짓말이다. 약효가 없는 약을 진짜 약이라고 해서 환자가 복용했을 때 병세가 호전되는 효과를 얻는 경우가 여기에 해당한다.

거짓말을 해야 한다는 부담은 있지만, 상대방을 편하고 행복하게 해주고 피해를 주지 않는다는 점에서 어쩔 수 없이 하게 되는 경우이다. 이것은 필요에 따라서는 상대방이나 나 자신에게 아무런 해를 주지 않는 거짓말을 통해 더 좋은 결과를 얻을 수 있는 장점도 있다.

그러나 하얀 거짓말이라는 평계로 자신을 해명하고 방어하는 데 이용될 수도 있다는 단점도 있다.

셋째 파란 거짓말이다. 이것은 그냥 일상생활 속에서 습관적 무의미하게 이루어지는 일종의 언어적인 유희에 해당하는 것이다. 인간관계에서 허물없이 오고 가는 거짓말로 상호 이해와 용서가 전제되어야 가능하다고 생각한다.

엄마가 아이에게 외출하면서 "금방 갔다 올 테니 집 잘 보고 있어." 하더니만 한참 후에 들어오는 경우, 또는 아내가 남편한테 "오늘 일찍 들어와요."라는 물음에 남편은 "일찍 들어갈게."라고 답하고 친구와 놀다 자정에 귀가하는 경우다. 이것은 약속이란 계약 관계의 지연이므로 어떤 처벌이나 논란이 벌어지지는 않겠지만 말싸움의 소지는 존재한다.

넷째 노란 거짓말도 있다. 한마디로 싹수가 노란 거짓말이다.

산수傘壽로 가는 길목에서 희망을 보다

학생이 엄마한테 책 산다고 속여 돈을 타다 게임방에 가는 경우라든지, 학원 수업을 제치고 영화관에 간 학생이 수업을 잘 받은 척 말하는 경우이다. 될성싶은 나무는 떡잎부터 알아본다는 속담과도 같은 맥락이다.

다섯째 검정 거짓말도 있다. 이것은 어제 거짓말로 사람을 속이더니 오늘 다시 거짓말로 뒤덮는 경우로 수도 없이, 때도 없이 떠들어대는 한국의 정치판에서 행해지는 정치인들의 형태가 아닌가 생각된다.

국민의 대표성을 가진 분들이 좀 더 사실적인 팩트를 가지고 대처해야 함에도 자기 당의 유불리를 따져 옳은 것을 그르게, 잘못된 것을 옳다고 우겨대는 논리와 변명은 국민을 우습게 여기고 막 대하는 태도는 민주주의 정신이 덜 성숙한 자들의 행동이라고밖에는 설명이 안 된다.

어린 시절부터 부모나 학교에서 거짓말은 해서는 안 된다고 잔소리처럼 듣고 자라왔다. 왜? 정직과 진실은 인간관계에서 가장 신뢰받는 절대적 가치이기 때문이다.

그런데도 일상에서 부모, 학교, 사회, 친구, 모두로부터 거짓말을 듣고, 거짓말을 하면서 자연스럽게 거짓말에 익숙한 세상에 사는 것은 우리가 배운 교육과는 너무나도 다른 아이러니가 아닌가.

만약 거짓말 없는 세상이 있다고 가정할 때 그 세상은 얼마나 재미도 없고 흥미도 없고 삭막한 세상이 될까? 혹 그런 세상이 있다면 인간은 절망과 지루함으로 파멸할지도 모른다고 한다. 그래서 인간 세상에 거짓말을 발명하여 유통함으로써 인간관계를 '모호' 하게 유지해 가는지도 모른다.

사람이 살아가는 동안 모든 것을 다 기억하고 살 수는 없다. 삶의 과정에서 겪은 좋은 일, 슬픈 일, 괴로웠던 순간들, 즐거웠던 시간, 재미있었던 사실, 창피스러운 사건, 민망했던 일, 미안했던 일 등 모두를 기억하고 살기엔 너무나 고통스럽고 복잡해서 살수가 없으므로 기억하고 싶지 않은 것들을 지울 수 있는 망각이란 선물을 주었기에 숨을 쉬고 살아가는 것과 마찬가지로, 거짓말도 인간관계를 이어가도록 삭막함과 지루함에서 벗어나게 하는 요인이 아니었나 하는 생각도 든다.

만우절(4월 1일)이란 것을 만들어, 그날 하루는 가벼운 장난이나 거짓말로 남을 속여도 용서해 주고 이해하는 날로 삼은 것이 바로 절망과 지루함에서 벗어나고자 하는 삶의 지혜가 아니었을까?

이론과 실제가 현실에서 고통이 될 때 거짓말로 갈등을 해소하는 역할을 한다면 일부 긍정적인 측면으로 작용하였을 것으로 본다.

그럼, 거짓말은 해야 할까? 안 해야 할까?

탈무드에 의하면 상대방을 편하고 행복하게 해주는 대신 다른 어떤 사람에게도 피해를 주지 않는다는 측면에서는 거짓말을 해도 된다고 권하고 있다. 종교(천주교나 기독교)에서는 아무리 좋은 목적이라도 거짓말을 해서는 안 된다고 쓰여 있다.

불교에서는 농담이라도 거짓말을 해서는 안 된다고 한다. 거짓말은 지옥에 가까이 갈 수 있는 지름길이라고도 했다. 거짓말은 사람의 눈(見), 귀(聞), 머리(知)로부터 시작된다고 설교하시는 스님도 계시고, 선이건 악이건 거짓말은 해서는 안 된다고 하는 것이 불교계의 입장인 것 같다.

부득이한 경우에는 솔직하게 고백하고 양해를 구하는 것이 현명한 방법이지만 당사자가 어리거나 이해할 수준이 아닌 경우 차후 진실한 말을 해주는 것이 좋다고 한다.

종교나 부모나 선생님들은 거짓말을 해서는 안 된다고 기본 원칙을 가르치지만, 성장하면서 거짓말하는 방법이나 요령을 자연스럽게 습득하여 가는 것이 인생인 것 같다.

우리는 거짓말은 무조건 하지도 말고 듣지도 말라고 배우며 자라 왔다. 그렇지만 거짓말은 왜 하지도 말아야 하고 듣지도 말아야 하는지의 이유와 거짓말이 초래하는 결과에 대해 설명이 부족했으며, 그로 인한 피해와 상처에 관해서도 설명해 주지 않았고 들은 바도 없었다.

거짓말에 대해 가장 양심적인 것은 자기 자신뿐이다. 거짓말로 인해 겪는 불편한 마음보다 정직하게 살아갔으면 좋겠다는 편안한 마음을 생각해본다면, 세상은 지금보다 더 아름답고 멋진 세상이 만들어지지 않을까?.

꼬마 소녀의 생각

내가 66세가 되던 해였던 것 같다.

볼일을 보고 집에 가기 위해 현관문을 열고 엘리베이터 앞에 서서 승강기를 기다리고 있었다. 잠시 후 승강기가 도착하여 문이 열리고 내가 승강기에 타고 출발하려고 문을 닫는 순간, 현관 밖에서 급하게 뛰어오는 한 유치원생 아이인 듯한 아이가 큰소리로 '할아버지 같이 가요'라고 외치는 목소리가 들려 얼른 열림 버튼을 누르고 기다렸다.

가까스로 함께 탄 꼬마 소녀는 숨을 헐떡이며 나를 쳐다보고는 '할아버지가 아니네! 아저씨네.' 하고는 '고맙습니다'라는 인사를 건넸다.

순간 내가 아저씨라고 하는 생각에 잠시 머뭇머뭇하다가 '나 할아버지가 맞는데'라고 하자, 유치원 꼬마 소녀는 '아저씨 같은데' 하면서 믿기지 않는 표정으로 고개를 갸우뚱거렸다.

너무 귀엽고, 똑똑해 보인 그 아이는 말도 잘하고 예절도 바른 싹싹한 아이란 느낌이 들었다. 나도 저런 손녀가 있었으면 하는

산수傘壽로 가는 길목에서 희망을 보다

부러움이 문득 솟는다.

할아버지와 아저씨의 구분은 무엇일까? 꼬마 친구의 눈에 비친 내 모습은 과연 아저씨였을까? 꼬마 친구는 그저 외모상으로 나타난 모습으로 판단하여 그렇게 말했을 것 같다.

내가 나이가 얼마며, 손자가 있고, 65세가 넘으면 국가에서 정한 혜택을 받는 노인으로 정한 기준 등 이런저런 상황을 모른 채 그저 맑은 눈, 순수하고 가식 없는 마음의 눈으로 바라본 표현이었을 것이다.

책이나 TV에 등장하는 할아버지의 모습은 머리가 하얗거나, 수염도 나 있고, 얼굴에 주름도 많고, 검은색 피부에다 옷도 나이 드신 분들이 입는 색깔과 모양 등의 기준으로 판단하여 말했을 것 같다.

한 아이를 착각에 빠뜨린 내 모습은 머리도 하얗지 않고, 수염도 기르지 않고, 옷도 요즘 아빠들이 입는 옷과 비슷한 옷을 입고 있었으니, 할아버지란 기준에 맞지 않았던 것 같다.

예전에는 나이 50 중반쯤 되면 손주를 보았으나, 작금에 와서는 결혼 연령이나 출산 나이가 많아지는 추세이기 때문에 대체로 60대 초중반에, 늦으면 60대 후반에 손주를 보는 경우도 많이 있다.

아저씨와 할아버지의 구분은 항간에 떠도는 이야기를 보니 재미도 있고 웃음이 나왔다,

식당에 가서 종업원에게 '아가씨~'라고 부르면 오빠! '언니~'라고 부르면 아저씨, '임자~'라고 부르면 할배란다.

요즘은 부동산 가격 폭등에 따른 주택문제, 일자리 부족에 따

른 직장 문제 등으로 결혼 연령이 높아지고 맞벌이 부부 증가로 육아 문제와 사교육비 증가로 출산율이 낮아져 큰 사회문제로 대두되고 있다.

게다가 의도적으로 자녀를 갖지 않으려는 맞벌이 부부가 늘어나고 있다. 자녀에게 쏟아부을 애정과 경제적 부담, 여가 시간에 구속당하지 않고 인생을 즐기려는 딩크족이 늘어난 것이다.

아이가 없는 대신 애완동물을 기르며 사는 맞벌이 부부를 일컫는 딩펫족도 있고, 이혼은 했지만, 경제적으로 능력이 있는 독신 여성을 뜻하는 신디스란 용어도 탄생했다.

또 1980부터 2000년 사이에 태어난 세대는 밀레니얼 세대로 불리는데, 효율성과 가치를 중시하며 틀에 박힌 일보다는 자유 분방한 일을 통해 돈을 벌고 싶어 하는 세대이다.

또한, 2008년도부터 생겨난 세대로, 재테크를 통한 경제적 자립을 통해 조기퇴직하고 자아실현, 자기 시간을 확보해 자기만족을 추구하는 세대를 일컫는 파이어족도 등장하기 시작했다.

이런 사회현상에 따라 손자 손녀를 돌보던 전통적인 할아버지 할머니 상을 거부하고 자녀들에게 의존하지 않고 자신들만의 취미나 여가를 즐기며 인생을 추구하는 신세대 노인층에서 형성되는 통크족이란 용어도 생겨났다.[6]

그래서 젊은 세대들이 아이를 갖지 않는 여러 이유가 등장하고 변명 아닌 변명이 정당화되어 가는 사회구조가 나타나는 것 같다.

---

6 blog.naver.com. 부자 지름길

나도 70을 바라보는데 손주가 한 명이어서 거리에서 유치원 다니는 아이들을 보면 너무 귀엽고 예뻐 내심 부럽기도 하고 화가 날 때도 있다.

손자 손녀들의 재롱도 보고 싶고 남들처럼 손잡고 데리고 노는 모습도 그립고 아이와 소통하는 시간도 부럽게 느껴지는 마음은 무엇일까?

요즘 할아버지 할머니들은 손자 손녀 사진을 핸드폰 메인화면에 올려놓는다든지 손주들의 동영상을 본다든지 영상통화를 하며 하루의 피곤함도 잊곤 한다. 그 순간만은 환한 얼굴에 웃음꽃이 한 다발 핀 것같이 기뻐한다. 손주들의 귀여운 모습과 잠시 소통의 시간은 그 어느 보약보다도 더 큰 효과를 가져와 힘이 솟고 삶의 활력을 불어넣어 청정 비타민보다도 약효가 좋은 것 같은 느낌도 있다.

어쩌다 하루 이틀 전화가 안 오면 걱정이 되고 궁금해서 조바심이 생길 때도 종종 있다. 직접 보면 반갑고 기쁘지만 멀리 떨어져 사는 관계로 자주 볼 수 없어서 아쉽다. 잘 돌봐주지 못해 미안하지만, 영상으로나마 만날 수 있으니 참 좋은 세상에 살고 있다는 생각이 든다.

내가 부모였을 때는 먹고살기에 바빠서 새벽 일찍 집을 나서고 아이들이 모두 잠든 후에야 귀가했던 시기였다. 한국경제 성장을 위해 열심히 일한 세대이지만 정작 자신들의 자녀를 키우는 일에는 소홀했던 세대였던 것 같다.

사랑하는 아이들과 말할 시간도, 놀아줄 시간도 없었던 힘든 시기를 보냈기 때문에 육아에 참여할 여유가 없었던 시절이었기도 하다.

그래서 내 자식에게는 손주처럼 놀아주지도, 장난감 하나 제대로 사주지 못했고 애정도 그다지 많이 주지도 못한 미안한 마음이 손자 손녀에게로 향한 것 같다.

할아버지 할머니가 되고 경제적, 시간적 여유가 생기다 보니 자식한테 주지 못한 사랑과 애정을 손주에게 아낌없이 베풀면서 살아가는 행복감도 있다. 할아버지 할머니가 되었기에 느끼는 또 하나의 기쁨이자 특권이라는 생각이 든다.

그러나 그 기쁨과 특권은 모두가 누리고 즐거워하는 것만은 아니다. 그런 기회와 환경은 자녀들이 만들어야 하고 당연히 만들어주어야 할 책임이 있고 의무를 져야 하는 것이 마땅하다는 생각이 든다.

왜냐하면, 부모가 자녀를 낳고 양육하여 한 가정을 이루게 하였듯이, 자녀도 아이를 낳아 할아버지 할머니가 젊음을 바쳐 이어온 역사의 흐름과 이음의 고리가 연결되어 즐거움과 기쁨이 살아 숨 쉬는 가족이란 이름으로 이어지길 바라고 있기 때문일 것이다.

손주를 귀여워하면 할아버지 수염도 안 남아 난다는 우리 속담이 있다. 수염이 다 없어져도 좋을 만큼 기쁨도 있고 기대도 있고 보람도 있기 때문이다.

아들딸들이 결혼하지 않거나, 결혼했어도 아이를 갖지 않고 자신들의 행복과 안위만을 위해 살아간다면, 손주를 기다리는 부모의 가슴에 큰 상처를 남기게 될 것이다. 또 세월이 지나 자신들이 늙어가면서 후회와 번민 없이 자신 있는 삶을 살 수 있을 것인지는 본인들의 선택이지만, 그래도 한 번쯤은 되돌아보는 것이 어떨까?

영화 "은교"에 나오는 명대사가 떠오른다.

　　'너의 젊음이 너의 노력으로 얻은 상(賞)이 아니듯, 내 늙음도 내 잘못으로 받은 벌(罰)은 아니다.'

젊은 자녀들이 자신들만의 인생을 가꾸고 즐기려는 것처럼, 할아버지와 할머니 세대도 꿈이 있는 노후를 위해 여가와 여유를 누리면서 손주 돌봄을 거부하는 행위도 썩 좋은 이미지는 아닌 듯싶다.

원하는 것이 있으면 작은 희생도 감수해야 얻어지는 것이 순리라고 생각한다. 지난 후에 후회하는 것보다 후회하기 전에 생각을 바꾸면 인생이 달라질 수도 있다고 본다.

한 노부부의 인생에 드리워진 어두운 근심을 걷어줄 젊은 부부의 기적 같은 생각의 변화를 기대해 보면서….

어떤 생각?
교원 작가 김진은 선생님 전시회 작품 중에서
2024.04.23.

　　　　　　　　　　　산수傘壽로 가는 길목에서 희망을 보다

건강한 사람은 누구일까?

우리가 학교 다닐 때 '건강한 육체에 건전한 정신이 깃든다'라는 표어를 자주 대하며 자랐다. 신체가 건강해지면 자신감이 생기면서 정신도 긍정적으로 변해 사회적으로 쉽게 성공할 수 있다는 뜻이 아닐까?

육체적으로 튼튼한 사람이라고 해서 다 건강한 것은 아니다. 튼튼한 사람도 정신적 사고가 바르지 않으면 건강한 사람이 아닐 수도 있다는 말이다.

바꿔 말하면, 정신이 건강한 사람이라고 해서 반드시 튼튼한 사람이라고 말할 수 없다.

신체를 건강하게 유지하는 사람이 건전한 사고를 형성하고, 건전한 사고에서 올바른 행동과 품성이 형성되어 건전한 정신이 깃드는 것이 아닐까 생각한다.

우리 삶에는 맑고 쾌청한 날만 있는 게 아니고 바람도 불고, 눈비도 오고, 흐린 날도 있듯이, 또 수없이 많은 실수도, 힘들고 지친 고난도 만날 수 있다. 그때마다 세상 탓, 남의 탓, 나 자신을 탓해봐도 바뀌는 건 없다. 그럴수록 내 건강만 나빠지고 정신마저 피폐해져 갈 뿐이다.

　제일 빠른 길은 나 자신을 스스로 바꾸어야만 세상 모든 것이 밝고 긍정적인 방향으로 변해갈 것이다. 긍정적인 마음가짐은 자석이 쇠붙이를 끌어당기듯 좋은 결과를 끌어당긴다고 한다.

　사람이 건강하지 않으면 의욕이 떨어지고 하는 일에 능률이 저하될 수밖에 없으며 아프기라도 하면 만사 귀찮고 지쳐서 일도 소홀해지기 마련이다. 즉 체력이 떨어지면 신체의 기능도 저하되고 의욕이 상실되어 버린다는 의미이다.

　'돈을 잃은 것은 조금 잃은 것이지만, 명예를 잃은 것은 많은 것을 잃은 것이며, 건강을 잃은 것은 모두를 다 잃은 것'이라는 뼈 있고 의미심장한 말이 머리에 확 떠오른다.

　체력이 떨어지면 흔히들 정신력으로 버틴다고 말하지만, 그것도 며칠 못가 체력이 바닥나고, 버티고 감내할 힘조차 없으면 정신력도 물거품이 되고 말 것이다. 즉 정신력은 체력이 받쳐줄 때 가장 강하고 왕성하게 빛나는 힘이라고 본다. 건강을 잃으면 모든 것이 허사이고 의욕이 상실되어 삶의 의미와 보람도 꺼져가는 불씨처럼 하얗게 식어갈 뿐이다.

　우리가 건강할 때는 건강에 대한 고마움을 별로 느끼지 못하다가 건강을 잃고 나서야 그 소중함과 절대적 가치를 깨닫게 된다. 건강의 중요성을 느낄 때쯤 건강은 무너지기 시작하고, 나 자신을 알 때쯤에는 이미 많은 것을 잃은 뒤이다.

　그래서 건강할 때는 공기의 소중함도, 매일 마시는 물의 고마움도, 매일 매일 빛을 내려보내는 태양 빛조차도 그 중요성을 인지하지 못하면서 그냥 당연한 것으로만 알고 생활해 왔다.

'건강을 유지하는 것은 자신에 대한 의무이며, 또한 사회에 대한 의무'[7]라는 '벤저민 프랭클린'의 말을 빌리지 않더라도, 건강은 건강할 때 지키고 유지하는 것이 가장 값진 자산인 동시에 에너지라고 볼 수 있다.

모든 것이 건강해야 맛보고, 즐기고, 놀고, 경험할 수 있다. 건강을 잃고 나서는 원하는 그 무엇도 이룰 수가 없다. 돈으로 의사는 살 수 있어도 돈으로 건강은 살 수 없다는 교훈도 잊어서는 안 된다.

그러면 어떻게 하면 건강을 유지하며 살아가야 할까?

좋은 음식을 먹고 등산, 헬스 또는 요가, 각종 운동 등을 많이 한다고 튼튼해지고 다 건강해진다고는 말할 수 없다. 각종 스트레스, 고민, 근심, 걱정, 소통 불화, 사회적 관계의 불협화음 등이 발생하는 상황에서 어찌 웃음이 생기고 에너지가 나오며 건전한 생각이 형성되겠는가?

건강할 때 체력을 유지하기 위해서는 쉼 없이 움직여야 한다. 사소해 보이지만, 자주 움직이고 활동하는 사람이 건강한 체력을 유지하는 것처럼 움직이는 것만이 나를 돌보는 유일한 방법이 될 수도 있다.

'무한불성(無汗不成)'이란 말처럼 이 세상엔 거저 얻는 것은 없다. 시간 나는 대로 틈틈이 여가를 이용하여 자주 걷고 또 단련시켜야 튼튼함을 유지할 수 있을 것이다. 몸을 단련하면 건강도

---

7   육체 신체에 관한 명언(blog.naver.com 하늘아)

따라오고 마음을 단련하면 행복도 얻을 수 있다.

움직이지 않으면 아무것도 할 수 없고 이룰 수도 없다. 나를 위해 걸어줄 사람은 아무도 없지만, 설사 걸어준다고 해도 내 건강에는 전혀 도움이 안 된다. 움직인다는 것은 살아있다는 증거이자 건강한 신체와 정신을 만드는 원동력이라고 할 수 있기 때문이다.

'와사보생(臥死步生)'이란 사자성어의 뜻처럼, 누우면 죽고 걸으면 산다는 지극히 단순명료한 삶의 지표이다. 순우리말로 바꿔보면 "누죽걸산"이다.

사람마다 생각과 자라온 환경이 다르고 주어진 여건이 다른 조건에서 생활해 왔기 때문에 한마디로 표현하기는 어렵겠지만, 여러 요소를 고려해 볼 때 '늘 웃는 사람'이 모든 면에서 가장 건강한 사람이 아닐까? 늘 웃고 사는 사람은 모든 면에서 잘되기 때문에 남보다 웃는 빈도가 높다는 거겠지!

'힘들 때 웃는 자가 일류'라는 말처럼 웃는 얼굴엔 가난이 없다고 한다. 그만큼 웃음이 주는 효과나 파장은 남의 마음을 움직이게 하는 마력이 있기 때문이다. 항상 밝게 웃는 사람은 신체와 정신도 건강해서 늘 명랑하고 유쾌하게 웃으며 즐겁게 살아가는 사람들이라고 보면 좋을 것 같다.

건강한 정신을 갖기 위해서는 먼저 자신을 소중히 여기고 자신만의 개성과 태도를 존중하는 자세가 우선되어야 한다고 본다. 그렇게 되기 위해 열심히 걷고 건전한 정신이 발현되도록 자족하고 자애하는 몸가짐의 자세로 살아가야 할 것 같다.

매일 매일 별일 없이 산다는 게 큰 행복이란 것을 이제야 조금씩 느끼며 익어가는 것 같다. 행복이란 조금 부족하거나 약간 모자라는 데서 느껴지는 것이지 돈이 많거나, 물질이 풍족하거나, 많이 이룬 상태에서 느껴지는 만족감은 크지 않다고 볼 수 있다. 점점 더 위 단계로 올라가야만 원하는 만큼 얻을 것이며 만족을 느끼기 위해서는 자신을 괴롭혀야 하기 때문이다.

어리석은 일 중에 가장 어리석은 것은 이익을 얻기 위해 건강을 희생하는 것이라는 쇼펜하우어의 말씀을 마음에 새기면서….

두 손 중 하나는 빈손이어야

　사람은 두 발로 걷고 두 손을 사용하며 산다. 대부분 동물은 네 발이고 손이 없다. 사람도 처음에는 네 발이었는데 차츰 진화를 거쳐 두 발로 걷게 되었다고 한다. 인간이 두 발로 서서 걷게 된 것은 걸을 때의 에너지를 절약하기 위해서였다고 한다.

　네 발의 동물은 인간보다 빠르다. 그러나 사람은 두 발이기에 그들보다 느리다. 두 발로 네 발이 하는 행동을 능가한다면 동물들도 모두 두 발을 택했을지도 모른다.

　그러나 인간은 네 발보다는 두 발을 택한 다음 두 팔을 요구했는지도 모른다. 그리고 두 팔을 이용하기 위해 두뇌를 발달시켜 양팔의 효용 가치를 발달해 간 것이라고 추측된다.

　여기서 인간의 진화를 이야기하려는 게 아니라 인간에게 주어진 두 손의 가치와 역할을 말하려는 것이다.

　손이 할 수 있는 것에는 수십 또는 수백 가지가 있겠지만 다 표현은 못 해도 우리가 살면서 보고, 배우고, 익히는 것들을 경험하게 된다.

먼저 손은 몸을 구성하는 모든 신경이 모인 집합체로서, 손안에는 그 사람의 운명과 건강 그리고 행운을 예측할 수 있는 손금이 존재한다.

그래서 손금을 보고 운세나 운명을 점치기도 하지만, 손금을 봐준다는 핑계로 이성의 손을 살짝 잡는 기회를 갖기도 하고 죄지은 범인을 잡을 때도 손의 지문을 이용하기도 한다. 요즘에는 IT 기술이 발달하여 지문인식이나 눈동자의 움직임을 포착하여 이용하는 기술도 등장했다.

손으로 글씨도 쓰고, 그림도 그리고, 뭔가를 만들기도 하고, 악기도 연주하며 손짓으로 의사소통도 할 수 있다. 어떤 나라는 맨손으로 밥도 먹는다.

남을 칭찬할 때도 엄지손가락을 쳐들면 최고라는 의미를 나타내고, 남이 잘하면 박수로 칭찬과 격려를 해주며, 반가우면 손을 맞잡아 악수하며 우호를 표시하기도 한다.

또한, 신명 나고 환호할 때는 손뼉을 치지만 두 손을 비비면 아부를 나타내기도 한다. 잘못을 저질렀을 때는 용서를 구하기 위해 손이 발이 되도록 빈다는 말도 있다. 우리가 무엇인가를 간절히 바라고 염원할 때는 다소곳이 두 손을 모아 기도도 드린다. 두 손 모아 기도만 잘해도 운명이 두 배, 세 배로 좋아진다고 한다.

옛날에 배가 아플 때는 할머니나 어머니가 '내 손이 약손이다' 하며 온몸의 기를 모아 배를 문질렀기 때문에 효험이 있었는지도 모른다.

손으로 일하며 돈을 벌어 생계를 꾸려가고, 손으로 물건을 만들고, 나르고, 잡을 수도 있다.

'손으로 맛을 빚는다'라는 말처럼 모든 음식은 손으로 직접 비비고, 무치고 주물러야 제맛이 난다고 한다. 그래서인지 어머니께서 만들어주셨던 반찬이며, 칼국수, 수제비 같은 음식 맛은 잊을 수가 없는가 보다.

손 관리를 잘하면 '인격이 바뀌고', 인격이 바뀌면 '인생이 바뀌고', 인생이 바뀌면 '운명이 바뀐다'라는 문구로 써도 좋을 만큼 손의 역할이 중요하지만, 잘못 사용하면 패가망신에다 감방에 갈 수도 있다.

손이 할 수 있는 진정한 역할이 무엇일 때 가장 가치 있고 의미가 있는가를 생각해 보자.

두 손 중 하나는 늘 비어 있어야 할 때가 아닌가 싶다. 양손에 무엇인가 가득 차 있는 한 남의 손을 잡을 수 없듯이, 내가 누구의 손을 잡기 위해서는 반드시 한 손은 빈손이어야 한다.

내가 욕심을 부리면 남을 배려할 수 없다. 욕심의 손은 상처를 줄 수 있지만, 둘 중 하나가 빈손이면 위기에 처한 다른 사람의 손을 잡아 줄 수 있기 때문이다.

내가 살아가면서 남을 위해 내민 손보다 나를 위해 내민 손이 더 많지는 않았는지, 나의 사사로운 욕심과 감정이 많은 사람에게 상처를 주지 않았는지, 내 손의 찌꺼기로 인해 귀중하고 보석 같은 친구를 잃지는 않았는지 한 번쯤은 생각해 볼 만도 하다.

추울 때 두 손을 비비면 따듯해짐을 느낀다. 이런 따듯하고 온화한 느낌을 내 손에서만 느끼지 말고 다른 손에서도 함께 느끼는 예쁜 손, 고운 손, 아름다운 손, 건강한 손, 위대한 손이 되었으면 좋겠다.

노사연 씨의 '바램'이란 노래 가사 중에 "내 손에 잡은 것이 너무 많아서 손이 아픕니다. 등(背)에 짊어진 삶의 무게가 온몸을 아프게 하고, 매일 해결해야 하는 일 때문에 내 시간도 없이 살다가…"가 있습니다.

손에 든 것, 잡은 것들을 조금만 내려놓아도 손은 아파하지 않을 것이다. 아주 간단한 이치인데도 사람은 그것을 인식하되 실천은 어려워해서 스스로 멍에를 짊어지고 살아가는 것이 아닌가 하는 생각이 든다.

양손에 무엇인가를 가득 쥐고 있을 때 느끼는 행복감과 만족감 그리고 성취감보다는, 한 손이 비어 있을 때 무언가 할 수 있다는 기대감 내지는 자신감, 남을 위해 베풂의 정이 인생을 살아가는 데 훨씬 더 값지고 보람 있는 일이 아닐까?

사람이 힘들고 지칠 때 빈손이어야 손을 잡아 줄 수 있고 따뜻한 격려와 진정한 위로의 손짓도 해줄 수 있으니, 그런 손이 진정 예쁜 손이 아닐까?

복지관에서 맛있는 음식을 만들어 무료로 어르신들에게 나누어주는 자원봉사자의 손이나, 코로나-19로 전국이 힘들었을 때 병원과 시설 의료기관에서 목숨을 담보로 자원하여 진료와 치료에 헌신한 의사, 간호사들의 헌신적 희생과 배려는 많은 사람의 생명을 지키는 고운 손이 아니겠는가?

슬프고 외로울 때 흘리는 눈물을 닦아주는 손도, 힘들고 지쳐 있을 때 살포시 잡아 주는 손도, 낙담하고 좌절한 사람에게 내미는 격려의 손도, 고통받는 사람에게 두 손 모아 기도해 주는 위로의 손도, 함께 일하던 동료가 넘어졌을 때 잡아 끌어주던 손도 모두 아름다운 손이 아닐까?

여기 가장 아름다운 손을 소개한다. 톨스토이의 '황제와 청소부'란 동화에 나오는 글이다.

어느 왕국의 황제가 큰 잔치를 베풀며 이날 참석자 중 가장 아름다운 손을 가진 사람에겐 왕과 왕후 사이에 앉게 하고 금과 보석 등 푸짐한 상품을 준다고 하였다.

이 소식을 들은 사람들은 손톱을 다듬고 향수를 뿌리고 손에 좋은 것들을 덕지덕지 바르며 자신이 뽑히기만을 기다렸다.

드디어 왕이 그 영광의 주인공을 뽑았는데, 그는 다름 아닌 궁전의 청소부 할머니였다. 하지만 평생 일만 해온 청소부의 손은 보기 민망할 정도로 거칠고 주름졌다.

그 손을 본 사람들은 모두가 이상하게 생각했다. 왕은 그들에게 대답했다.

"이 손은 땀과 수고 그리고 성실로 장식된 가장 아름다운 손이다."

물론 아름다움을 위해 가꾸고, 다듬고, 매만지는 행위는 본능이지만, 누군가를 위해 내미는 손이 더 아름답게 보이는 까닭은 왜일까?

가장으로 처자식을 위해 몸을 사리지 않고 일터에서 최선을 다하며 일하시는 부모님의 손은 위대한 손이며, 하루를 힘들고 고단하게 마치고 돌아온 이 시대의 노동자, 직장인의 손은 거룩한 손이라 해도 손색이 없어 보인다.

이런 곱고, 예쁘고, 아름답고, 위대하고, 거룩한 손만 있는 게 아니다. 사람답지 않은 행동으로 인해 손해를 끼치는 행위나, 위협을 주는 행위, 남을 해치거나 목숨을 위태롭게 하는 행위를 저지르는 나쁜 손도 있다.

깨끗한 손과 더러운 손, 고운 손과 거친 손, 아름다운 손과 추악한 손, 줍는 손과 버리는 손. 손은 이렇게 양면의 가면을 쓰고 우리 주변을 맴돌며 존재하는 것 같다.

어느 시점부터 우리는 손뼉 치는 데 인색해져 왔다. 사는 게 너무 바쁘고 남을 생각해 주는 여유가 부족했기 때문이 아닐까? 박수는 남을 칭찬하거나 격려할 때 기쁜 마음으로 쳐야 하지만, 자신을 위해서도 열심히 치면 건강에도 좋고 치매 예방에도 도움이 된다고 하니 오늘부터라도 열과 성의를 다해 손뼉 치면서 즐거운 인생을 그려 가면 어떻겠나.

예쁜 두 손이 마주쳐 나는 소리의 울림은 자신감을 느끼게 하고 의지력을 키우는 동시에 아름다움과 즐거움이 엮어 만든 파동은 다른 사람의 마음에 활력과 용기라는 파도를 생겨나게 하는 계기가 될 것이다. 그것이 바로 손에서 손으로, 마음에서 마음으로 전해지는 사랑이 아닐까?

사랑이란 무엇인가? 사전에는 '다른 사람을 애틋하게 그리워하고 열렬히 좋아하는 마음. 또는 그런 관계나 사람'[8]이라고 적혀 있다.

동양에서는 인(仁)과 자비(慈悲)라는 사상이 사랑과 통하며, 불

8　다음 백과사전

교에서의 사랑은 '자비'로 연민, 위로하는 사랑이 생겨나고, 그리스도교에서는 참된 사랑은 자기희생으로부터 온다고 설명하고 있다.

그리스어로 사랑은 에로스 · 아가페 · 필리아라는 3개의 단어로 표현되고 있다. 에로스는 정열적인 사랑이며, 아가페는 무조건적 사랑, 필리아는 순수한 마음의 상태를 쌍방이 인지하고 있는 상태를 가리킨다고 한다.

사랑을 알게 하는 것은 인간의 오감 즉, 시각, 청각, 후각, 미각, 촉각 이 다섯 개의 감각의 조합이 합칠 때 비로소 사랑은 보고, 듣고, 냄새 맡고, 맛보고, 느끼고, 판단해서 체험하게 되는 것 같다.

오감 중 가장 예민한 것이 촉각 즉 피부감각인데, 피부감각에는 압각, 통각, 냉각, 온각이 피부나 우리 손안에 퍼져 있어 손이 먼저 반응을 검사하고 측정한다.

나의 고등학교 시절에는 '사랑이 무어냐고 물으신다면 눈물의 씨앗이라고 대답할게요'라는 노래 가사가 그럴싸하게 들렸다. 하지만, 사람마다 감정이 다르다 보니 표현도 가지각색으로 나타나 있는 것 같다.

여기 뜨거운 손을 가진 사람과 차가운 손을 가진 사람이 두 손을 맞잡으면 서로의 손끝에 와닿는 느낌은 어떤 느낌일까? 뜨거웠던 사람의 손은 시원함을 느끼고 차가운 사람의 손은 따뜻함을 느끼는 야릇하고 새로운 느낌을 경험하게 되는데, 두 손을 잡았을 때 흐르는 감정과 느낌이 바로 사랑의 느낌이 아닐까? 개인마다 느끼는 감정과 상태가 다르다고는 하지만 딱히 이것이라고 표현할 말이나 글이 퍼뜩 떠오르지 않는다.

사랑하는 사람에 대한 뜨거운 마음이 열정이라면 그 열정을 지속하기 위해서는 희생과 존중 그리고 배려가 어우러져야만 가능하다고 한다. 오늘도 지쳐있는 누군가의 손을 잡아 주는 하루가 되었으면 좋겠다는 생각으로 오늘을 시작해 보면 어떨까?

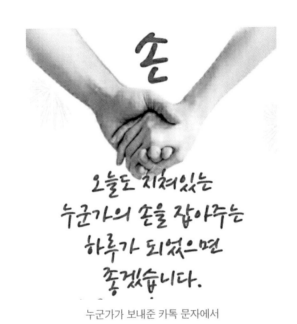

누군가가 보내준 카톡 문자에서

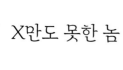

X만도 못한 놈

　우리가 살아가는 이 세상에는 선인들의 경험과 지혜가 담긴 소중한 말씀이 참 많이 전해져 오고 있다.

　내가 망팔(望八)을 넘어 산수(傘壽)로 가는 동안 삶 속에서 수없이 듣고 말했던 욕설에 대해 생각해 봤다.

　인간은 화가 날 때 욕설을 하거나 비방 또는 상스러운 말을 스스럼없이 한다. 이 말은 거의 누구나 예외 없이 닥치면 자동 반사적으로 나오는 단어로서 안 해본 사람은 없다고 해도 될만한 단어가 아닐까?

　욕을 사용함으로써 자신을 더 강하게 느끼고, 이에 따라 스트레스를 해소하거나 자신감을 얻을 수도 있다. 또는 열등감 현상을 욕으로 풀어보려는 감정표현에서 욕을 한다고 한다.

　자신의 약점이나 단점을 숨기려는 의도로 욕을 사용함으로써 상대방보다 우위에 있음을 나타내고자 할 때도 사용한다고 한다. 그리고 일상생활에서 습관적으로 아무 의미 없이 늘 사용해 오고 있는 중이다.

그중 가장 많이 사용되는 말이 'X새끼'가 아닐까?

인터넷에서 읽었는데 너무 재미있는 글이고 의미심장한 내용이라 한 번쯤 생각해 보면 어떨까 싶어서 인용해 본다.[9]

사람과 개가 달리기 시합을 할 때 '사람이 지면' 개만도 못한 놈, '사람이 이기면' 개보다 더한 놈, '둘이 비기면' 개 같은 놈이라고 한다.

이런 농담으로 표현한 것으로 보아 오래전부터 인간과 개는 떼려야 뗄 수 없는 관계였다고 볼 수도 있다.

근데 하필 두뇌가 명석하고 우수하다는 인간이 어째서 늘 개하고 비교가 되는 웃지 못할 일들이 여기저기서 회자하는 것은 무엇 때문일까?

불교에서는 사람이 죽으면 개로 환생한다는 말도 있을 정도로 매우 가깝게 동고동락한 관계여서 그런지 개는 인간에게 있어서 가장 오랫동안 함께한 친한 친구 같은 존재였는지도 모른다.

그래서인지 개는 오랜 역사와 함께 사람과 동거하며 살아왔기 때문에 늘 비교 대상이 된 것이 아닌가 생각한다.

본래 개를 나타내는 한자어로는 견(犬), 구(狗), 술(戌) 등으로 표기하기도 한다.

사람들은 사람의 구실을 못 할 때 흔히 개를 인용하여 표현하는 단어나 관용구, 속담 등을 많이 만들어 이를 교훈이나 본보기로 삼고자 한 것이 아닌가 하는 생각도 든다.

행실이 바르지 못하거나 형편없는 사람을 비유해 "그는 술만

---

9   개(동음이의어)-개새끼(나무위키)

먹으면 개가 된다."라는 속어도 있다. 술에 취하면 법도도 없고 사리 분별을 못 하는 망나니가 되는 행동을 비꼬아서 하는 말 같다.

'서당 개 삼 년이면 풍월은 읊는다'라는 것은 개의 아이큐가 다른 동물에 비해 지적 수준이 높고 명석하다는 것을 빗대어 표현한 것으로 보인다.

돈을 벌 때는 궂은일을 가리지 않고 힘들게 벌지라도, 쓸 때는 훌륭하고, 값지고, 보람 있게 쓰라는 말 '개 같이 벌어서 정승같이 쓴다.'라는 속담도 익히 들어 알고 있다.

동양에서는 개에 대한 속담이 다수 전해져 오고 서양에서는 개(犬)가 오랫동안 사랑받는 동반자로서 존중되어 왔다. 그래서 인간은 개에게서 배울 것이 많이 있다고 본다.

개가 보여준 주인에 대한 복종심과 변함없는 충성심, 그리고 사심 없는 마음과 우정, 함께 살아가는 동반자로서 작은 감동과 기쁨을 주는 유일한 친구일 수도 있다.

개에 관한 실화도 역사에서 많이 등장하는데, 개의 충성심과 주인에 대한 복종심을 나타내는 유명한 오수의 의로운 개 이야기[10]도 전해지고 있다. 이 설화도 임실군 오수휴게소에 가면 만날 수 있다.

어느 날 동네잔치를 다녀오던 김개인이 술에 취해 풀밭에 잠들었는데, 때마침 들불이 일어나 김개인이 누워있는 곳까지 불이 번졌다. 이

---

10 위키백과 사전(오수개)

산수傘壽로 가는 길목에서 희망을 보다

것을 본 그 집 개가 근처 냇가를 뛰어들어 몸을 물로 적신 후 잔디밭에 뒹굴며 들불이 주인에게 닿지 않도록 수백 번 반복한 끝에 개는 죽고 말았다.

김개인이 잠에서 깨어나 개가 자신을 구하기 위해 목숨을 바쳤음을 알고, 몹시 슬퍼하며 개의 사체를 묻어주었다.

또 매일 기차역에서 주인인 우에노 교수를 기다리던 하치코란 이름의 개가 있었다. 어느 날 우에노 교수는 일하던 중 세상을 떠나 돌아오지 않았는데도 하치코는 9년 동안이나 매일 기차역에서 주인을 기다리다 결국 세상을 떠났다고 한다. 이런 이야기는 개의 변함없는 충성심과 인내심, 그리고 상호 간 믿음에서 이루어진 사람과 동물 사이의 헌신적 사랑 그 자체였다.

인간과 동물 사이의 깊은 유대와 사랑에 대해 배울 수 있는 플란다스의 개에 관한 이야기도 있고, 시각 장애가 있는 사람의 눈과 귀가 되어 일상생활을 안내하고 도와주는 충성스러운 안내견도 있으며, 특수 훈련을 통해 마약 탐지를 수색하는 탐지견, 지진으로 무너진 건축물 잔해 속에서 사람을 찾아내는 훌륭한 구조견도 모두 커다란 도움과 보람을 선사해 왔다. 이렇게 훌륭하고, 멋지고, 충성스러운 개도 세상에는 많이 있다.

그래서인지 텔레비전 프로그램에 "개는 훌륭하다" "세상에 나쁜 개는 없다" 등 예능 프로그램까지 만들어 방송되는 세상이다.

그런데 사람이 사람답지 못한 짓이나 사람의 범주를 벗어난 일, 그 행동하는 습관이나 성격이 더럽고 옳지 못하며, 얄밉거나 됨됨이가 좋지 아니할 때 가장 많이 사용되는 언어로 한국에서 두 번째로 많이 사용되고 있는 말이 '개XX'라고 한다.

너도 쓰고, 나도 쓰고, 어른도, 아이도, 남녀노소 모두가 아무 거리낌 없이 사용하는 그 말, 그 유치찬란한 어휘가 바로 '개 XX'다.

'개새끼'라는 어휘는 개와 새끼의 합성어로 말 그대로 나타내면 개의 새끼, 즉 강아지라는 의미를 뜻한다. 토끼의 새끼는 토끼 새끼, 돼지의 새끼는 돼지 새끼, 염소의 새끼는 염소 새끼로, 어리다는 의미로 그렇게 부르고 있는 것 같다.

본래 개새끼란 말은 하는 짓이 얄밉거나 더럽고 됨됨이가 좋지 아니할 때 쓰는 비속어로 우리 주변이나 생활 속에 깊숙이 자리 잡은 욕설 중 한 단어로 사용되고 있다.

이 '개새끼'는 시간, 장소를 불문하고 어린아이, 어른, 남녀노소 를 가리지 않고 마구 사용해서 해도 그만, 안 해도 그만, 뱉어도, 들어도 별 반응이 없는 단어로 생각하는 모양이다.

왜냐하면, 좀 기분 나쁘거나 비위에 거슬리면 한마디 해야 하는데 다른 대체어가 없고 가장 쉽게 배웠으며 하도 많이 들어서 무개념, 무의미, 무감정 이런 의미로 사용하는 건 아닌지 모르겠다.

그래서 신문 방송에서는 대놓고 할 수 없는 사용 불가의 단어로 되어 있어 반드시 로마자 알파벳 약자로 대치하여 사용하곤 한다.

결코, 못난 점이 없는데도 개자 붙여 놓고 구분하려는 인간의 장난 때문에 개살구, 개복숭아, 개떡, 개딸기, 개똥쑥 등 듣기만 해도 기분이 나쁘거나 맛이 없다는 것을 나타내는 정말 '개똥 같은' 세상에 '개무시'당하는 것도 있다.

한 예로 돈을 빌려주고 갚을 의사가 없거나 줄 생각도 없을 때 "이런 개새끼, 잘 먹고 잘 살아라."라고 한다든지 개새끼도 주인을 보면 꼬리를 치는데, 먹여 주고 재워 주고 보살펴준 나를 모르는 척해 '네가 그러고도 사람이냐' '이 개만도 못한 놈'이라든지, 차를 운전하다 보면 갑자기 뒤에서 경적을 울리거나, 갑자기 끼어드는 차량을 향해 자동으로 발사되는 '저 미친놈! 개새끼 아냐'라는 말이 우리 입에서 무심코 튀어나온다.

내가 며칠 전 모 종편 방송에서 만든 자연적 다큐멘터리 영상을 보면서 가슴 저린 감동적 순간을 보고 인간보다 더 아름답고, 멋진 장면이 아닐까 생각했다.

사연은 이렇다. 자연에 홀로 사는 분이 반려견 한 마리와 함께 살고 있었다. 오랫동안 둘이 서로 의지하고 외로움을 달래기 위해 매일 대화를 나누면서 함께 지냈다.

시간이 지나면서 어미 개는 새끼 세 마리를 낳아 정성과 애정으로 돌보았고 두 달 정도 경과 후 따로따로 떼어 놓아 다른 장소에 매어 놓고 길렀다.

하루는 솥에 고기 뼈를 삶아 먹으면서 개에게 한 조각 주었더니 그것을 물고 좀 떨어져 매여있는 새끼에게 가서 떨어뜨리고 다시 주인 곁으로 오니 '안 먹고 새끼 갖다주었구나' 하면서 다시 한 조각 주었는데 또 다른 곳에 있는 새끼에게 갖다주는 것이었다.

이렇게 하기를 세 번! 어미 개도 고기가 먹고 싶었을 텐데 새끼를 먼저 생각하고, 보호하고, 돌보는 어미의 사랑이 물씬 풍기는 장면은 마치 인간의 모든 어머니가 헌신하고 사랑을 베푸는 모성애 같은 본능이 동물에게도 존재한다는 것을 보여주는 것이었다.

이 장면이야말로 말로 표현이 안 되는 지극히 자연스럽고 가식 없는 순수하고 감동적인 장면이 아니었나 생각된다.

물론 이 땅의 모든 어머님의 숭고하고 희생적이며 자녀를 위해서라면 어떠한 고통도 감내하며 심지어 자신의 생명까지도 버릴 수 있는 위대한 모성애보다야 더할 순 없지만, 동물들에게도 방식은 다르지만, 그들 나름대로 모성애가 존재하는 것은 자연의 이치가 아닌가 하는 생각이 들었다.

부모가 자식 목숨 빼앗는 것은 사전(辭典)에 해당하는 단어조차 없다고 한다. 모성애란 까마득한 시절부터 신이 만든 육아의 불문율로 정하고 아무 탈 없이 역사의 흐름과 함께 현재까지 이어오고 있다.

근데 요즘 들어 여러 환경적, 사회적, 경제적, 정신적 요인으로 모성애를 포기하거나 저버리는 사례가 빈번히 일어나고 있다.

한 여성은 자신이 낳은 아기를 탯줄도 끊지 않고 집 밖으로 내던졌고, 또 다른 여성은 여덟 살 딸의 호흡을 막아 질식사시켰다. 어린 자녀를 아파트에 홀로 남겨두고 2~3일 집을 비워 아이가 굶어 죽게 한 비정의 친모도 있었고, 아동 학대로 아동을 숨지게 한 행위의 충격적 뉴스도 있었다. 친부가 딸을 상습적으로 성폭행했다는 이야기도, 20대 아들이 어머니를 살해했다는 인륜파괴의 범죄도 종종 매스컴을 타고 우리 귀에 전해졌다.

옛날에는 상상도 못 하는 일들이 곳곳에서 벌어지고 있는 행태

산수傘壽로 가는 길목에서 희망을 보다

에 기겁함과 아연실색에 그저 정신이 멍해져 온다.

이럴 때 '이 개만도 못한 놈들'이란 말이 딱 어울리기에 우리 선조들이 그렇게 부른 것 같다는 추측을 해본다. 이런 비인간적, 반인륜적 행동을 하는 부류의 인간들에게는 '개만도 못한 놈'이라고 욕설을 퍼부어도 '그런 욕을 먹어도 싸다'라는 소리를 들어도 할 말은 없을 것으로 본다. 인간의 영역을 벗어난 행동을 하면 타인으로부터 욕과 버림을 받는 것은 당연하기 때문이다.

이렇듯 개에 관한 좋은 이미지도 많고 훌륭한 개도 많은데 왜 우리는 "개"자란 접두어를 사용하여 부정적이고, 무시하고, 비난하는 욕설을 만들어 사용하는 데 익숙해져 있을까?.

개가 접두어로 사용되어 쓸데없다는 뜻을 강조하기 위해 개 자(字)를 붙이는 예도 있다.

예를 들면 개소리, 개수작, 개나발, 개죽음이란 단어도 사용하고 또 질이 떨어지거나 인간의 기준으로 봐서 인간 이하의 행동과 언행을 할 때, 또는 그 정도가 심할 경우를 가리켜 '개차반, 개잡놈, 개 병신, 개망나니 등으로 부르기도 한다.

상대방이 말도 안 되는 소리를 할 때는 '개 풀 뜯어 먹는 소리' 또는 '개똥 같은 소리'라는 표현으로, '지나가던 개가 웃겠다'라는 비아냥 소리도 쉽게 들을 수 있다.

남이 하는 말을 무시하며 들은 체도 아니 할 때 '어느 집 똥개가 짖느냐?' 한다는 비꼬는 소리도 종종 들어본 적이 있다. 그래서 그런지 대부분 좋은 쪽 의미보다는 나쁜 쪽 의미로 더 많이 사용하는 언어로 인식됐다는 사실도 알 수 있다.

위의 예로 보아 '개'는 좋은 의미로 전해지는 측면도 있지만 나

뻔 의미로 많이 사용되다 보니 개의 처지에서는 조금 억울한 측면도 있을 것 같다.

인구 감소와 사회구조의 변화, 직업 종류의 다양화로 핵가족화가 심화하였고, 요즘은 1인 가족이 전체 인구의 35%를 넘어 초핵가족 사회로 변했다. 그렇다보니 혼자 사는 사람들, 비혼자, 독신자 등이 증가하여 반려견이나 반려묘를 키우는 사람이 많아졌다. 반려견이나 반려묘가 말벗도 되어주고, 외로움이나 불안감도 완화해 마음을 달래주고, 함께 사는 동반자로 가족의 구성원으로 자리 잡게 된 것 같다.

특히 저출산 시대에 한 명의 자녀만 있는 가정에서는 개는 함께 뛰어놀고 마음을 나누는 든든한 친구나 형제, 자매 역할을 대신해 주고 있는 시대가 되고 있다.

앞에서 열거된 개의 접두어로 사용된 개자는 동물로서 개(犬)를 가리키는 것보다 상투적이고 비상식적으로 사용되는 접두어라는 생각이 든다.

나도 생활 속에서 개 자(字)를 붙인 단어를 마구잡이 사용하고 내뱉으면서 미안해하거나 부끄러움 없이 사용해 왔다는 데 대해 변명할 여지가 없다.

앞으로도 개 자(字)가 들어가는 비하적인 말을 전혀 하지 않겠다는 약속은 못 하지만, 조금씩 줄여가면서 언어정화 차원에서 고운 말 바른말을 사용하고 오염된 언어를 순화시키는 데 노력해야 하겠다는 생각이 들었다. 자라나는 아이가 말을 배울 때 어른들의 마구잡이 언어에 물들고 따라 할까 봐 걱정되기 때문이다.

습관은 한순간에 고쳐지는 게 아니지만, 생각만 있으면 조금씩 변화시킬 수는 있다고 본다.

　인간은 사고의 힘이 있어서 그 생각에 따라 행동을 통제하거나 절제하면 사람으로서 인품도 높아지고 좋은 습관의 변화도 기대할 수 있으리라는 믿음이 있기 때문이다.

서울 지하철 풍경(2, 4호선에서)

2021년 6월 어느 날, 볼일이 있어 서울에 갔다. 나는 지하철을 일 년에 열 손가락을 다 꼽아도 안 찰만 만큼만 이용하는 시골 노인이다.

나이가 고희를 넘겼으니 무임승차 대상이어서 승차권 판매기에서 신분증을 올려놓고 지시에 따라 500원을 넣으니 승차권이 나왔다.

지하철 2호선을 이용하려고 강변 전철역 승강장 대기 선에 서서 기다리던 중 전동차가 들어오는 신호음인(트럼펫 소리) '도도도 도도 레 미미미미미 파 솔솔솔미솔 솔라시도 솔레 솔라시 도도'라는 경쾌한 음악 소리를 울리며 전동차가 전철역에 들어왔다.

전동차를 타고 가는 동안 우연히 한 칸에 승차한 분들의 모습과 표정을 둘러보게 되었다.

지하철 1칸에 앉을 수 있는 좌석이 54석, 입석이(손잡이 달린 수) 86석, 합이 대충 140명이 탈 수 있는 셈이지만 그 이상도 탈 수 있다고 본다. 어떨 때는 지옥철이란 용어도 생겨났으니까.

산수傘壽로 가는 길목에서 희망을 보다

내가 아직 '지옥철'이라는 말처럼 혼잡하고 밀치고 넘어지는 경험을 못 해봐서 뭐라 표현은 못 하지만, 호선마다 전동차 안은 약간의 차이가 있겠지만 9시경 지하철을 이용했으니, 러시아워(출근 시간대)는 지난 시간이었다.

예상외로 차 안은 그렇게 복잡하거나 시끄럽지 않고 소음도 크지 않았다. 당연히 경로석에 앉을 수도 있었지만 왠지 앉기가 좀 그러했다.

왜냐하면, 내가 앉으면 나보다 더 어르신이 승차했을 때 미안할 것도 같고 아직은 서서 갈만한 힘이 있어, 그냥 서서 가는 게 편할 것 같아서 서서 갔다.

그런데 경로석에는 한 명의 젊은 여자 승객이 앉아 있어서 무척 의아했다. 내가 경로석에 대한 인식을 잘못해서 그런가 하는 의구심이 들었는데 표지판 문구를 보니 경로석이 아닌 노약자석이라고 쓰여 있어서 금세 이해가 되었다.

그곳에 앉아 있던 젊은 여자분도 앉을만한 사유가 있었겠다는 생각이 들었다.

경로석이라는 곳이 외모상 나이를 가늠하기가 좀 애매할때가 있다.그래서 종종 설전이 오가는 풍경도 볼 수 있다.

어느 카페에 올라온 재미있는 글[11]을 보고 한참을 웃었다.

지하철 경로석에 앉아 있던 아가씨가 할아버지가 타는 것을 보고, 눈을 감고 자는 척했다. 깐깐하게 생긴 할아버지는 아가씨의 어깨를 흔들었다.

"아가씨, 여기는 노인이 앉는 경로석이라는 거 몰라?"

그러자 그 아가씨, 할아버지를 쳐다보더니 대꾸했다.

"나 돈 내고 탔는데 왜 그러세요?"

아가씨가 신경질적으로 말을 꺼내자, 화가 난 할아버지가 소리를 질렀다.

"이봐! 여긴 돈 안 내고 타는 사람이 앉는 자리야. 알어?"

우스운 이야기지만 시사하는 바가 크다.

경로석 및 노약자석은 연세가 많은 어르신들과 신체가 불편하신 분, 임산부를 위한 공경과 존중에 바탕을 둔 양보 문화와 연장자 우대를 덕목으로 배우고 생활해 온 유교에서 비롯된 우리 민족만의 아름다운 질서와 배려 정신에 근거해 마련된 자리라고 본다. 이런 배려 문화, 공경 문화는 세계시민들도 부러워하는 제도로서 좋은 인식과 인상을 각인시키는데 크게 울림을 준 것 같다.

그런데 젊은이들이 경로석이 있음으로 불편해하거나 부담스러워하는 것은 이해되나, 나의 부모님, 나의 조부모님들도 이용하고 또 지금의 젊은이도 40-50년 후 그 자리에 가야 할 대기자

---

11 만경 산악회 https://cafe.daum.net/tkdmjy

산수傘壽로 가는 길목에서 희망을 보다

인 셈이니, 경로석이나 노약자석은 내 미래의 예약석이라고 생각하면 어떨까?

우리나라 지하철은 시설 면(냉난방 설치 운영)이나 쾌적한 환경, 운영 기술, 와이파이가 잘 터져 항시 스마트폰을 이용한 소통이 가능한 전동차뿐만 아니라, 화려한 지하상가, 환승의 편리 등 다양한 매력이 존재하기 때문에 세계 어느 나라 지하철보다도 우수하고 아름답다고 BBC 방송이나 CNN이 극찬했다고 한다.

또한, 승강장이나 전동차 안에서 열차의 위치를 중계하며 안전을 위한 전동 스크린도어까지 설치하여 안정감 있게 운영되고 있다.

'트립어드바이저'[12]가 국가별로 '전 세계 국가에서 관광객이 해야 할 단 한 가지 일'을 발표했는데, 한국에서는 서울 지하철 타보기가 소개될 정도였다고 한다. 그만큼 한국 서울 지하철이 시설과 서비스뿐만 아니라 모든 면에서 다른 나라보다 앞서가는 우수한 지하철로 평가받고 있는 것에 은근히 어깨가 으쓱했다.

지하철은 좋은 점만 있는 게 아니라 가끔은 전동차 안에서 말다툼, 술주정뱅이의 행패, 물건 파는 상인의 소음, 젊은 남녀의 보기 민망한 애정 표현 등 볼썽사나운 장면들이 일어나는 뉴스를 자주 접할 때마다 씁쓸한 생각이 들 때도 있다.

주책없이 말을 하다 보니 본질을 망각하고 내가 본 지하철 풍경은 깜빡 잊고 있었다.

지하철을 타면서 깜짝 놀랄 만한 광경이 시야에 제일 먼저 들

---

12 트립어드바이저(Tripadvisor, 세계 최대 규모 여행 정보 사이트)

어왔다. 나는 이제까지 거의 100%란 용어에 공감한 적이 별로 없었다.

가만히 둘러보니 나만 빼고 모두 핸드폰을 들거나 귀에 꽂고 아주 열심히 보고 듣고 있었다. 내용은 모르지만 여가 시간 활용 내지는 평생학습, 누군가와의 소통이리라. 키보드 누르는 솜씨는 내가 다 놀라버릴 정도였으니까. IT 강국의 면모를 입증하는 것 같으면서도 참 신기하기도 하고 별세계에 온 것 같은 느낌을 받았다.

두 번째 신기했던 것은 전동차 안에 있는 사람들이 모두 한 사람도 예외 없이 100% 마스크를 쓰고 있는 모습을 보고, 우리나라 사람들은 진짜 정부 지시에 아주 잘 따르는 선진 국민임을 새삼 느꼈다.

마스크를 쓰는 이유는 타인으로부터 자신을 보호하고 자신으로부터 타인을 배려한다는 취지에서일 것이다. 2020년부터 전 세계를 강타한 코로나-19의 힘에 인간의 입과 코를 굳게 틀어 막아버린 웃지 못할 광경에 왠지 씁쓸한 생각이 들었다.

세 번째는 전동차에 승차한 사람들이 신고 있는 신발이 참 특이하게 보였다. 남자들은 반짝반짝 빛나는 구두를 신고 젊은 여자는 굽이 높은 하이힐을 신고 다녔던 시절이 엊그제 같은데, 그것이 한때의 유행이었다면 요즘은 남녀노소 할 것 없이 가볍고 편한 운동화나 슈즈, 슬리퍼 식 샌들 등을 신고 있었다는 것이 눈에 보여 이것 또한 신기하게 생각했다. 물론 여름이라는 특수성 때문인지도 모르겠다.

요즘 시대 사람들은 생활의 편리함을 추구하고 개성과 취향을

산수傘壽로 가는 길목에서 희망을 보다

중시하는 면이 강하게 표현되는 개성시대라고나 할까! 옷 패션도 다양하고 여자들이 들고 다니는 가방도 한때는 고가의 유명 외국 브랜드를 메고 다니던 시절이 이제는 각자의 취향과 멋을 창조하는 트렌드로 바뀌어 가고 있는 것이 살짝 느껴졌다.

외국인이 한국에 와서 이해가 안 되는 몇 가지 사항에 대해 말한 적이 있는데, 그중 하나가 고가의 외제 브랜드 핸드백을 메고 다니면서 옷은 고작 몇만 원짜리 옷을 입고 거리를 활보하는 모습이 잘 이해가 안 된다고 지적했던 말이 생각났다.

넷째는 모두가 마스크를 쓰고 있어 그런지 표정이 밝게 보이지는 않았다. 무미건조한 얼굴과 무취의 생기 없는 표정이 눈에 들어왔다. 살아가기 힘든 서민들의 삶의 애환이 비쳐 그런가, 출퇴근의 전쟁으로 지친 모습에서 그런 것인지는 잘 모르겠다. 모두 바쁜 세상에 살다 보니 나를 잊고 내가 세상의 틀에 맞추느라 그렇게 바빠진 건 아니었는지 잠시 생각 좀 해봐야 할 것 같다.

다섯째는 지하철을 내려 환승하는 역마다 벽 양 옆면에는 예술품 전시회나 각종 포스터 그리고 우리 마음의 양식을 키워주는 얼굴 없는 스승의 가르침까지 볼거리가 다양하게 펼쳐져 있어 짧은 시간이나마 즐겁게 갈아타게끔 배려한 것도 좋은 아이디어라고 생각했는데, 쳐다보는 이가 그리 많지 않은 것이 좀 썰렁해 보였다.

여섯째 우리나라에서 운행되는 지하철 차량 대당 가격이 12억에서 14억이라니 깜짝 놀랐고 또 1일 승차요금이 1달러로 세계에서 가장 싸다고 하니 두 번 놀랐다. 이렇게 저렴하게 서민의 발이 되어 매일 운행하는 한국 지하철이 대단하고 우수하다는 것에 자긍심을 느끼며 65세 우리 노인들에게 무임승차 하는 기회를 베풀어 준 것에 감사할 따름이다.

시간에 쫓기고 일에 지치고 힘든 길을 오늘도 가야 하므로 모두 바쁘게 뛰며 달린다. 지하철은 아무튼 누군가에겐 하루를 시작하는 출근길이자 누군가에겐 하루를 마무리하는 퇴근길이기도 하다.

하루를 시작하는 출근길은 일터로 가는 신나고 활기찬 즐거움이 넘쳐나야 하고, 하루를 마무리하는 퇴근길은 가족 품으로 돌아가는 기쁨과 뿌듯함이 넘쳐나는 그런 지하철 풍경이면 좋겠다. 그런 하루는 빛나고 보람 있는 날이 아닐까?

지하철을 이용하는 모든 승객과 지하철에서 수고하는 모든 종사자분이 저마다 자부심을 느끼는 멋지고 보람 있는 하루가 되었으면 하는 소박한 바람을 안고, 오늘도 시민들의 발이 되어 힘차게 달려가는 지하철을 바라본다.

산수傘壽로 가는 길목에서 희망을 보다

귀는 죽을 때까지 열려 있다

　사람은 좌우에 두 개의 눈이 있다. 두 눈의 정보가 하나의 상으로 종합되어 대상의 형태, 색, 위치 등을 지각하는 것을 양안 시라고 한다.

　인간은 시각을 통해서 80%의 감각을 인식한다고 한다. 사람의 몸짓, 표정, 형태, 생김새 등 인상에서 큰 비중을 차지하는 만큼 눈을 통해서 인식되는 이미지나 형상이 생각에 따라 다르게 나타날 수도 있다.

　사람은 다른 사람을 처음 봤을 때 시각을 통해서 그 사람의 첫인상(first impression)을 기억하고 그 사람을 볼 때 처음 본 이미지 모습을 기억 속에서 찾아낸다. 그래서 상대의 호감도를 결정할 때는 말하는 이야기보다 시각적인 요소가 더 중요하게 작용하여, 한번 인식된 이미지는 바뀌기 힘들다는 콘크리트 법칙이 적용된다고 한다.

　사람의 인상을 결정하여 인식하는 데는 단 5초의 시간이면 충분하다고 한다. 그것이 첫인상으로 기억되어 있어 새로운 이미지로 바뀌는 데는 많은 시간이 흘러야 한다.

어떤 사물의 형태를 보고 그것을 판단하는 것도 바라보는 사람의 위치나 거리, 각도에 따라 다르게 보일 수 있다. 그런데 그 대상 물체를 같은 거리라 해도 각도가 다른 곳에서 보는 것과 위치가 변경된 곳에서 그리고 명암이나 생각에 따라 전혀 다를 수 있다.

사람은 자기가 본 것만이 진실인 것처럼 말할 때도 있고 자기가 들은 것만이 사실인 양 주장하기도 한다. 그래서 늘 언쟁이나 다툼이 벌어지기도 한다. 사실은 내가 본 것이라도 착각해서 또는 나의 머릿속에 이미 각인된 정보의 오류에 의해 달라질 수도 있다.

귀는 왜 두 개일까? 의학적 개념으로는 소리 나는 방향과 양쪽의 소리를 듣기 위해 얼굴 양쪽에 두 개가 매달려 있다고 한다. 이것은 소리가 어느 방향에서 오는지 파악하는 데 도움이 된다는 것이다.[13]

오른쪽 귀는 말과 논리에 반응하며, 왼쪽 귀는 음악, 감정 등에 더 잘 반응한다고 한다. 이것은 귀의 생물학적 기능이지만 여기서는 생활과 삶의 활동 영역에서의 귀의 역할을 나타내고자 함이다.

어느 한쪽의 말만 듣고 판단할 때 그르칠 수도 있거니와 한쪽 말만 듣고 섣불리 말했다간 낭패를 볼 수도 있으므로 균형을 잡기 위해 있는 것이 아닐까? 그래서 양쪽의 말을 다 들어본 후 판

---

13 남포면 보청기 / 귀에 관한 흥미로운 사실들

산수傘壽로 가는 길목에서 희망을 보다

단하는 것이 순리라고 본다.

사자성어에 역지사지(易地思之)라는 말이 있다. '내 이야기를 네가 먼저 들어라.'가 아닌, '네 이야기를 내가 먼저 듣겠다.'[14]는 겸손의 뜻이 내포된 의미가 아닐까?

그리고 또 한 가지는, 가치도 없고 도움이 안 되는 말은 한쪽 귀로 듣고 다른 쪽 귀로 흘려보내면, 온갖 스트레스나 고민을 덜어주고 쓸모없는 정보를 지워 마음을 정화하는 뜻도 있을 것으로 생각된다.

잘생기고 반듯한 사람을 가리켜 이목구비(耳目口鼻)가 반듯하게 생겼다고 한다. 왜 이(耳)를 맨 앞에 두었을까? 그건 그만큼 귀가 소중한 의미를 지니기 때문에 맨 앞에 배치되어 남의 말을 잘 들으라는 것으로 생각이 된다.

공자는 나이 60을 가리켜 이순(耳順)이라 했다. 귀가 순해진다는 뜻이다. 이는 원래 무슨 말을 들어도 그 이치를 깨달아 이해한다는 뜻이므로 관용의 이치를 깨닫는 나이에 이르렀다는 의미이다. 따라서 온유한 귀는 화를 만들지 않는다고 하였다.

그러면 사람의 눈이 두 개인 이유는 무엇일까? 사물의 거리를 좀 더 정확하게 파악하기 위해 두 개가 있는 것이다. 한쪽 눈으로 보면 거리 측정도 불분명하거니와 옳고 그름의 분간도 쉽지 않으니, 모든 것을 잘 파악하여 잘 보아 신중하게 판단하라는 뜻으로 두 개를 붙여 놓은 것이라고 본다.

한쪽 면이 아닌 다른 면, 당장 눈에 보이는 것 말고 그 너머의

---

14 CBS 홀리데이 웹 문서

것까지 보기 위해서가 아닐까?

'백문이 불여일견'이란 고사성어가 말해주듯, 학문에 있어서는 여러 번 듣는 것보다는 실제로 한 번 보는 게 낫다. 직접 보지 않고 들은 얘기로 상대를 판단하면 자칫 실수를 범하게 될 수도 있다. 다만 보이는 것이 전부가 아닐 때도 많이 존재하기 때문이다.

그래서 눈이 두 개, 귀가 두 개, 입이 한 개인 것은 많이 보고, 많이 듣고, 판단하여 한 입을 통해 내보내라는 경이로운 뜻이 있다고 생각한다.

탈무드의 가르침대로 될 수 있으면 많이 듣고 적게 말하는 것이 몸에 이롭다는 뜻이다. 경청을 잘하는 습관을 길러야 소통이 원활하게 잘된다는 의미를 말하는 것 같다. 어떤 사물을 볼 때도 처음에 내가 어떤 의미를 부여했으면 그것이 뇌에 각인되어 그 물체를 볼 때마다 그 의미가 나타난다.

수석이 한창 유행하던 시절 돌을 하나 발견하여 바라본 순간

산수傘壽로 가는 길목에서 희망을 보다

돌 속에 나타난 형상이 어느 각도에서 어느 방향으로 어느 위치에서 바라보느냐에 따라 여러 가지 의미의 형상이 표현될 수도 있다.

아래 사진에서 나타난 형상은 실제 무엇이었을까? 보는 사람에 따라 판단과 해석이 여러 가지일 수도 있다.

여러 가지 대답이 튀어나올 수 있겠지만 내가 먼저 '웬 도마뱀이 나타났어'라고 다른 사람에게 표현하면, 그 말을 들은 사람에게는 그렇게 보일 확률이 높아진다. 여기서는 어떤 것이 맞다, 그르다로 보는 것보다 어떤 모양과 형상으로 표현하는 것이 가장 자연스럽고 어울리는가로 보는 것이 좋을 것 같다.

바라보는 각도와 방향, 위치에 따라 여러 형태로 보일 수도 있고 눈의 착시 아니면 바라본 대상 물체에 어떤 의미를 부여하고 바라보면 그 의미가 서서히 처음 말한 대로 부상한다는 것이다.

위에서 말한 형상은 나무뿌리였는데, 나도 처음 도마뱀으로 착각해서 깜짝 놀랐다. 세상도 이런 현상에 따라 달리 보이고 해석이 다양해지는 법이다. 물론 눈에 보이는 것이 다 진실이라고는 믿지 않는다.

보이는 대로 보려고 하지 않고 보고 싶은 것을 보려 하므로 우리의 감각이 쉽게 속는 일이 자주 발생한다고 한다.[15]

사실도 관점에 따라서 보이는 것이 달라질 수 있다. 우리가 하나의 관점으로만 사실을 보고 듣는다면 진실은 묻혀버릴 수도 있다는 것을 간과해서는 안 된다.

---

15 〈오늘의 성경〉 당신이 보는 것이 당신이 보는 것이다[네이버 블로그]

귀가 입보다 높은 곳에 있는 이치도 내 말보다 상대방의 말을 더 존중하고 받아들이라는 의미가 아닐까?

귀는 눈과 입처럼 스스로 닫을 수 없다. 말하기 싫으면 입 다물고 보기 싫으면 눈감으면 되지만, 아무리 듣기 싫은 소리라 해도 귀는 닫을 수가 없다.[16]

이는 남의 말을 차단하지 말고 잘 들으라는 신의 준엄한 지시임을 잘 살펴 행동하라는 뜻이 아닐까?

'삼청이사일언(三聽二思一言)'이란 고사성어는 '세 번 듣고, 두 번 생각하고, 한 번 말한다'라는 뜻으로, 말할 때는 신중히 생각한 후에 해야 함을 이르는 말이다. 그래서 귀는 사람이 죽을 때 최후까지 버티며, 제일 늦게 기능을 상실하는 감각 기관이라고도 한다.

태아가 어머니 뱃속에서도 소리를 듣는다고 하여 태교를 한다든지, 식물인간도 듣는 감각만은 작동하고 있어 깨어난 후에도 들은 것을 기억하고 있다는 것이 이와 관련 있다는 하나의 예라고 생각한다.

---

16 고두현의 문화 살롱(귀는 왜 두 개일까)

산수傘壽로 가는 길목에서 희망을 보다

질문하는 습관을 키우자

세상을 살아가면서 제일 유능하고 현명한 사람은 누구일까? 생각하고 느끼며 표현하는 것은 모두 다르지만 같은 길을 가더라도 힘이 덜 들고, 시간이 짧게 걸리고, 고생을 덜 하고, 재미있게 가는데 필요한 것이 바로 묻는 일(질문)인 것이다.

나는 어릴 때부터 남에게 묻는 것(질문)을 상당히 꺼리고 두려워했다. 성격이 수줍어서 그런 탓도 있겠지만, 혹시 질문해도 그게 틀리거나 질문 수준이 아닌 것을 물을 때 창피를 당하거나, 놀림을 받는다거나, 무시를 당하지는 않을까 하는 두려움이 먼저 떠올라 질문하지 않는 습성이 생겨 그 후로는 질문하지 않는 습관이 형성된 것으로 보인다.

그래서 남에게 묻는 것, 학습에서 질문하는 것, 친구 간에 알고 싶은 내용조차도 나는 내성적 성격 탓에 질문에 익숙하지 못했다.

그러므로 내가 생활하면서 질문해야 할 때 제대로 질문하지 못하고, 반대로 누군가가 나에게 질문을 던지면 불편해하거나 어색해하는 경우도 종종 있었다.

과학이 발전하려면 끊임없이 "왜"라는 의문을 가지고 해답을 찾기 위해 연구하는 것처럼, 질문은 새로운 어떤 것을 발견하게 하는 원동력이고 그 원동력은 혁신을 끌어내는 원천이기도 하다.

뚱딴지같은 질문도, 웃음거리가 되는 질문도 때로는 진흙 속의 진주처럼 값진 의미가 들어 있을 수도 있다. 그래서 질문은 세상을 바꾸는 힘이 솟아나는 샘물과도 같은 것이라고 보면 될 것 같다.

단 장난스러운 질문이나 골탕을 먹이기 위해 하는 거짓 질문은 안 되지만, 호기심에서, 무엇인가를 해결하기 위해서, 학문을 배우기 위해서 하는 질문은 언제나 기분 좋고 즐거운 마음으로 받아주어야 한다.

그럼, 질문은 왜 할까?

질문을 통해 아직 모르거나, 이해가 안 가거나, 의심되는 내용의 사실을 확인하기 위해서 하는 예도 있고, 상대를 알아가고, 정보를 나누는 일련의 과정이 대부분일 것으로 추정한다. 그러므로 상대가 질문을 해오면 진지하게 듣고 성의 있게 답을 말해주어야 한다.

질문에 대한 답을 모르면 솔직하게 모른다고 말하고 나중에 연구하고 찾아서 반드시 알려주고 설명해 주는 것이 옳다고 보며 그것이 질문자에 대한 배려와 예의라고 생각한다.

간단한 예로, 모르는 길을 가거나 길을 잃어버리면 지나가는 누군가에게 길을 물으면 좀 더 쉬운 길로 편안하게 갈 수 있는데도 창피하거나 부끄러워서 묻지 않고 이리저리 헤매다 도저히

산수傘壽로 가는 길목에서 희망을 보다

안 되겠다 싶으면 그제야 묻는 사람도 많이 있다.

처음부터 물어보면 빠른 시간에 지름길로 목적지에 갈 수도 있는 아주 쉽고 좋은 방법이 있는데도 불구하고 자존심 때문에 힘들고 개고생하는 경험도 해 보았다.

물론 요즘은 누구나 자가용을 가지고 있어 그 안에 내비게이션이란 해괴망측한 기계가 다 알아서 가르쳐주므로 묻는 일이 별로 없지만….

질문은 배움에 있어서 학문을 깨우치는 출발점이자 자기 성장의 지름길이라는 사실도 잊어서는 안 된다. 내가 모르는 것을 상대방에게 묻는 것이 나의 무식이 탄로 나거나 창피스러워 주저하거나 자존심이 구겨진다고 생각하는 순간, 자신은 앞서가지 못하고 늘 뒤따라가는 슬픈 인생을 겪게 된다.

내 지식의 확장과 내 목표의 성취를 위해 묻는 것을 두려워해서는 남보다 앞서갈 수 없다. 그래서 어려서부터 질문하는 방법, 태도, 기술 등을 습득하도록 지도해주는 것이 아이의 성장과 두뇌 발달, 사회성 증진, 지식 습득에 따른 지혜의 축적 등 이 생활에 중요한 역할에 도움이 되며 자아 성장의 발판을 만들 수 있다.

옛말에 '불치하문(不恥下問)'이란 말이 있다. 아랫사람에게 묻는 건 수치가 아니라는 뜻이니, 진짜 부끄러운 것은 모르는 걸 아는 척하는 것이 아닐까?

과학마저도 모르는 것을 부끄러워하지 않는다고 했다. 지나가는 어린아이에게도 배울 것이 있으면 물어야 하고 하찮은 미물에서도 취할 것이 있으면 취해야 한다.

사자성어에 '백수북면(白首北面)'이란 말이 있다. 학문을 닦고 인격을 높이는 데는 나이나 신분이 관계가 없다는 뜻이다. 그러므로 묻는다는 것은 그 대상이 누구냐가 중요한 것이 아니라, 내가 알고 싶어 하는 것을 듣기 위해 묻는 것이니 상하가 없고, 귀천이 없으며, 지위고하가 없어야 한다는 의미다.

나이가 어리다고 무시하거나 깔보는 자세는 어리석은 짓이다. 나이가 많다고 세상의 모든 것을 다 경험한 것도 아니고 모든 지식을 다 터득한 것도 아니다. 지식은, 책이나 그것을 겸비하고 있는 이에게서 배울 순 있지만, 경험에서 터득한 지혜는 그중 으뜸이기 때문에 누구든 스승이 될 수 있다고 한다. '노마지지(老馬之智)'[17]란 '늙은 말에서 지혜를 얻는다'는 뜻이니, 하찮은 사람도 각자 그 나름의 장기(長技)나 슬기를 하나쯤은 가지고 있다는 의미다.

과거 신기술의 발달이 없었을 때는 경험이 지혜가 되었지만, 다가오는 시대는 신기술이나 신문명이 지배하는 시대로 지혜보다는 기술과 기능이 앞서는 시대에 살아야 하므로 질문은 더더욱 필요할 것으로 보인다.

과거는 경험이 우선시되었지만, 이 시대는 IT 기술이나 AI, AR/VR 기술이 융합된 메타버스, Chat GPT 등 가상 융합기술의 등장과 성장이 주종을 이루고 있는 시대로 빠르게 변하고 있다.

스마트폰이 대중화되면서 그 사용법을 전부 활용하는 사람은 별로 없다. 특히 나이가 많으신 분들은 더욱 사용 방법이나 조작

---

17 네이버 백과 지식

법을 잘 몰라 젊은 사람에게 물어봐야 간신히 이해되거나 설명을 들어도 잘 모를 때가 허다하다. 세상이 바뀌어 젊은 사람들이 지식을 더 많이 알고 있기에 질문하지 않고는 살아가기 힘든 세상이 온 것이다.

여기에 적응하기 위해서는 끊임없이 배우고, 묻고, 터득하며 노력해야 많은 불편을 이겨나갈 수 있을 것이다.

자라면서 호기심이 많아 끊임없이 물어보는 시기인 2~4살 어린아이들은 눈에 들어오고 귀에 들리는 모든 것에 관심을 두고 "왜"라고 물어보기 때문에 이때부터가 중요한 시기인 것 같다.

질문한다는 것은 개인적으로는 세상을 배워가는 탐구의 길이고 자신의 영역을 넓혀가는 과정이라고 말한다.[18]

부모나 선생님 등 그리고 어른이 아이에게 물을 때도 부드럽고 편안한 분위기와 여건을 만들어, 바르게 질문하는 방법과 질문에 두려움이 생기지 않도록 지도해주는 것이 좋다. 그것이 아이가 성장하면서 자신을 키워가는 좋은 방법이란 걸 느끼도록 해주어야 한다.

첫째, 아이의 질문에는 진심을 담아 설명해 주고 어른이 아이한테 하는 질문에는 사랑과 애정이 담긴 언어로 쉽게 말해주어야 한다. 어린아이는 이제 세상의 모든 것이 새롭고, 신기하고, 궁금해하기 때문에 쉽고 간결하게 아이의 눈높이에 맞추어야 하기 때문이다.

둘째, 아이의 질문에 질책과 무시로 대한다면 질문이 두려움의

---

18 교실이 살아있는 질문 수업 (저자 양경윤) 새로운 도전과 기록

대상이 되어 헤아리고 판단하고 인식하는 능력을 떨어뜨릴 수 있으므로 칭찬과 격려로 자신감을 느끼도록 배려해야 한다.

셋째, 아이에게 화를 내거나 상처를 주는 말, 조건을 거는 말은 되도록 삼가고 권유나 협조를 구하는 말로 응대하는 것이 신뢰를 형성하는 데 도움이 될 것이다.

넷째, 애매모호(曖昧模糊)한 언어는 될 수 있는 대로 피하고 구체적인 사항을 말해줌으로써 약속을 지키는 습관을 갖도록 키워가야 한다.

이런 관점에서 질문은 어린이나 어른에게도 일상에서 중요한 부분이기 때문에 어려서부터 올바른 질문 방법과 태도, 생각하는 방식과 능력을 키워나가야 한다고 생각한다.

왜냐하면, 사고력은 질문을 통해 빠르게 성장시킬 수 있는 요인이면서 사회 적응력과 목적 달성에 더 빨리 도달할 수가 있는 지름길이며 모든 문제를 해결하는 원동력이 되기 때문이다.

미국 시인 메리 올리버는 그의 산문집 [휘파람 부는 사람]에서 '이 우주가 우리에게 준 두 가지 선물은 사랑하는 힘과 질문하는 능력을 주었다'라고 강조했다.

질문은 결국 스스로 생각하는 힘을 키워 앞으로 변화할 사회에 적응할 수 있는 능력을 키워준다는 측면에서 매우 중요한 능력의 하나이다. 그래서 질문하는 것을 두려워하지 말고 세상을 살아가는 소통 방법의 하나라고 생각하고 자연스럽게 묻고 답하는 습관적 행동이었으면 좋겠다.

만나는 모든 사람에게서 무엇인가를 배울 수 있는 사람은 이 세상에서 가장 현명한 사람이라는 탈무드의 명언을 생각하며.

선인들의 말씀이 딱

며칠 전 일이다. 친구가 지병으로 일흔 조금 넘은 나이에 다시는 오지 못할 먼 길, 가고 싶지 않은 저세상으로 떠났다. 요즘 한창 기세를 부리는 오미크론이란 전염병이 지구를 강타하는 절정기에 세상을 하직한 것이다.

오미크론이란 그리스 문자의 열다섯째 자모인 'O/ο'의 이름이라는 뜻도 있고, 남아프리카 공화국 등에서 새로 발견된 신종 코로나바이러스 감염증의 변이 바이러스 명이기도 하다.

오미크론의 변이 바이러스는 바로 전에 유행했던 변종 바이러스보다 더 빠른 속도로 감염시켜 우리를 다시 놀라게 했다.

이런 변종 바이러스가 한창 창궐할 때인 2월 중순에 돌아가셨으니, 조문객도 별로 없고 그를 찾는 친구도 그리 많지는 않은듯하다.

그도 그럴 것이, 사람들이 많이 모인 곳에서 감염의 우려가 크기 때문에 모두 문자로 상주에게 애도와 위로의 문구로 대신하며, 부의금도 송금으로 해결하는 시대가 되다 보니, 편하고 좋은 세상에 살긴 한데 같이 밥 먹고 대화하며 지냈던 친구의 가는 길에 하직 인사는 하는 게 도리일 것 같다는 생각으로 조문을 갔다 왔다. 마지막 가는 길이 너무 쓸쓸하고 황망해서 적막감마저 들었다.

그러던 어느 날 이번에는 친구의 아버지가 돌아가셨다는 부고를 받았다. 똑같은 상황과 여건이 비슷한 시기였다.

친구들은 하나같이 카톡이나 문자로 애도의 글을 올렸고 빈소를 찾아 조문도 하고 슬픔을 함께했다. 바람직한 현상이고 당연히 애도를 표하여야 마땅한 도리다.

조문객이 많다는 것은 자손들이 그만큼 베풀고 사람도리를 다하며 살아왔다는 것을 인정하는 것이며, 돌아가신 어르신도 살아생전에 좋은 일 많이 해서 존경받는 삶을 살아왔기에 죽음을 안타까워하며 슬픔을 함께 나누고자 방문했을 것으로 본다.

두 죽음을 바라보며 나는 이 말이 이해되지 않았는데 오늘에서야 그 말의 의미를 알게 되었다.

선조들의 경험과 사고를 통해 깨달은 말이 진리처럼 우리에게 전해지고 있는, "정승 집 개가 죽으면 조문객이 문전성시를 이루지만 정승이 죽으면 문상객도 줄어든다"라는 말이 딱 떠오르는 것은 왜일까?

"정승 집 개"란 의미는 아직 정승이 죽지 않고 살았을 때를 비유한 것 같다. 예나 지금이나 권세가 있을 때는 취하고 권세가 사라지면 푸대접하는 세속의 인심을 풍자한 말이다. 이것을 사자성어로 표현한 말이 "염량세태(炎凉世態)"이다.

물론 위의 예문과는 조금 다른 상황이긴 한데, 같은 시대 삶을

산수傘壽로 가는 길목에서 희망을 보다

살던 본인이 죽으면 슬퍼해 주는 조문객도 찾아오는 친구도 적지만, 본인의 부모님이 돌아가시면 친구들도 많이 찾아와 애도하며 같이 슬픔을 나누는 경우도 많이 보았다.

또한, 현직에 있을 때 자녀를 출가시킬 때는 축하객이 많지만, 퇴직 후에 출가시킬 때는 축하객이 줄어드는 경우와 비슷한 현상이라고 본다.

살아가는데 무슨 법칙이 있는 것도 아니고 삶에 공식이 있는 것도 아니다. 물이 자연스럽게 흘러가듯 바람이 불면 부는 대로 순응하면서 내 가진 것에 만족하고 여유가 생기면 배려하고 베풀 줄도 알고 사랑하며 어울려 살아가는 게 잘사는 게 아니겠는가?

남의 것 탐내지 말고 누구 하나 마음 아프게 하지 말고 남의 눈에 눈물 흘리게 하지 않고 살았다면 그게 잘 살아온 게 아니던가? 비록 이름은 남지 않더라도 가는 길 뒤편에서 손가락질 안 받으면 그게 잘 살아온 흔적이 아닌가?

트로트 가요 신유 씨가 부른 '시계 바늘'이란 노래의 가사 중에 이런 대목이 있다.

'사는 게 뭐 별거 있더냐, 욕 안 먹고 살면 되는 거지'

우리 인생도 이렇게 살면 잘 산 거지하고 스스로 위로받는 느낌을 받는다.

친구 만나면 늘 웃는 모습으로 대해 주고, 나보다 남을 위해 노력하며 양보하는 모습을 보여준 그대. 가는 길에 배웅해 주는 친구가 많지 않아도 슬퍼하거나 한탄하지 말고, 한번 왔으면 어차피 가야 할 길인데 조금 빨리 통보를 받았다고 생각하게나. 이 모두 내가 내 몸 지키지 못한 탓으로 알고 고통 없는 세상에서 편해 쉬기를 바랄 뿐이지.

북망산천(北邙山川) 가는 길에 뒤돌아보지 말고 미련도 없이 훌훌 털어버리고 새 세상에서 못다 이룬 꿈을 원 없이 펼쳐보기를 바라며, 웃는 얼굴로 그대를 보내고 싶다.

굉장한 사람과 괜찮은 사람

　우리는 살아가면서 무심코 '저 사람은 굉장한 사람이야'라고 말을 할 때가 종종 있다. 그럼 굉장한 사람은 어떤 사람을 말하는 걸까?

　국어사전에 따르면 '굉장하다'는 형용사로 '아주 크고 훌륭하거나 보통 이상으로 대단하다'라고 나와 있다.

　지위가 높고 명망 있는 사람이 굉장한 사람일까, 명성이 높은 유명한 사람, 대중들에게 인기가 많은 예술인, 돈을 많이 번 재벌가 사람들, 힘이 센 사람 등 이런 사람들이 굉장한 걸까?

　이것은 시간이 지나 결과를 비교해서 표현하는 것으로 평범한 사람 그 이상이란 뜻에서 붙여진 수식어일 거라고 생각했다. 결과적인 측면에서 한 개인이 이루고자 한 목표나 목적에 이르렀을 때 부르는 칭찬이나 높임 또는 대단함을 강조하는 형용사이기도 하다.

　겉으로 보기엔 굉장한 사람으로 보이지만 속은 그렇지 않은 면도 있다. 사실 많은 돈을 벌어 부자가 된 사람도 속을 들여다보면 겉은 화려하나 빚더미에 올라앉은 사람도 있고, 으리으리한 저택에 살면서 탈세로 빨간딱지가 덕지덕지 붙어있는 사람도, 겉으로 명성이 높은 사람도 개중에는 의무와 책임도 저버리고 신의와 신뢰가 무너진 사람도, 사람으로서 해야 할 도리와 품행을 다하지 않고 겉만 화려하지 볼품없는 사람도 있을 것이다.

감언이설로 남의 눈을 가리고 사기행각을 벌이는 사람도, 인간으로서 해서는 안 될 범법 행위자도, 남에게 피해를 줘가며 법과 질서를 어지럽히는 사람도 그 방면에서는 굉장하지만 굉장한 사람이라고 부르지는 않는다.

그래서 '굉장한 사람'이라는 표현은 최소한 우리 사람 사는 세상에서 굉장한 사람은 모든 분야에서 열심히 노력하여 성공한 사람이나 남을 위해 봉사, 희생, 나눔, 배려 등을 실천하는 사람으로서 인성과 품위를 갖춘 존경받을 만한 위치에 있는 사람이 크게 되었을 때 붙이는 강조어라고 생각한다.

사람은 살아가면서 '굉장한'이란 형용사가 앞에 붙으면 매우 우쭐해한다. 왜냐하면, 남보다 '낫다' 또는 '우수하다'라는 의미로 받아치거나 '대단하다, 엄청나다, 존경한다, 놀랍다는 뜻으로 해석하는 경향이 있기 때문일 것이다.

긍정적으로 '굉장한'이 주는 의미만큼 그 반대쪽엔 부정적인 의미도 숨어있는 형용사일 수도 있다.

돈을 많이 번 사람은 굉장한 재력가(얼마가 기준인지는 모르나), 많은 사람에게 예의 바르고 상냥하고 친절하게 대하는 사람은 '굉장히 친절한 사람'으로 평가되고, 과학기술 면에서 뛰어난 재능과 기술을 가진 사람들을 '굉장한 기술자'로 표현하지만, 남에게

산수傘壽로 가는 길목에서 희망을 보다

감언이설로 사기를 치는 사람에게도 굉장한 '사기꾼이야'라고도 말한다.

또 날씨가 무척 더워 35℃로 올라가면 '굉장히 덥다' 하고 영하 10℃만 내려가도 '굉장히 추운' 날씨라고 말한다. 호수를 보고도 굉장히 넓다고 표현하다가 바다를 보면 어떻게 표현할까?

굉장함의 기준은 크기, 수량, 넓이, 높이, 무게 등 기준은 없지만, 많은 사람으로부터 그 가치를 인정받고 존경과 부러움의 대상이 되어야 하며 그래서 우리 주변에 굉장한 사람들이 많이 존재하기를 바라고 그렇게 되기 위해 부단히 노력하는 사람도 많이 있을 것이다.

우리 주변에 긍정적인 면에서 굉장한 사람이 많이 있으면 참 좋겠지만 그게 쉽게 이루어지는 것은 아니다. 부단한 노력과 자기희생이 따라야만 얻어지는 것이고 형용사의 화려한 수식어가 붙여질 만한 가치가 묻어나야 하기 때문이다. 그래서 '굉장한'보다는 '대단한'으로 용어를 바꾸어 쓰면 '굉장한'의 의미가 좀 더 가치 있게 느껴져 보일 것 같다.

며칠 전 모 방송사에서 다큐멘터리로 제작 방송된 프로그램을 (2021.12) 보면서 진실로 굉장한 사람이 이런 사람을 두고 하는 이야기가 아닌가 생각했다.

프로그램 속의 그는 어렵게 방송사 기자 시험에 합격하여 성실히 근무하면서 기자로서 사명과 본분에 따라 공정하고 신뢰성 있게 보도하려고 노력해 왔다고 한다.

또한, 가장으로서 의무와 책임을 다하며 성실히 일해왔던 그는 동료 사원의 부당해고와 윗사람들의 권력에 의한 편파적인 지시에 항거하며 힘겹게 맞서다 폐암에 걸렸고, 끝까지 동료들의 부당한 해고와 권리를 찾기 위해 자신을 희생해 가며 꿋꿋하고 외롭게 투쟁해 왔다. 이 프로그램은 그의 인간애를 그린 다큐멘터리였다.

5년간의 힘든 투쟁과 병마와의 싸움에서 승리하여 마침내 회사로 복직하는 그날, 두 발로 걸어서 정문을 들어가는 것이 아니라 피폐해진 몸을 휠체어에 의존하여 출근하는 그의 모습에서 진정 인간 승리를 알게 되었다. 많은 동료의 복직을 돕고 부당한 지시를 바로잡는 의로운 싸움에서 승리한 대가는 폐암으로 건강을 잃었지만, 가족의 따뜻한 사랑과 동료들의 응원이 힘이 되었다는 말에서, 그리고 뺨을 타고 흐르는 뜨거운 눈물에서 인간의 숭고한 희생과 진실을 밝혀낸 용기야말로 진정 굉장한 사람이 아니었나 돌아보게 했다.

나는 굉장한 사람은 그 쓰임새가 많고 크지만, 굉장한 사람보다 괜찮은 사람이 우리 주변에 많이 있어 함께 살아가는 것이 훨씬 더 사회가 밝아지고 아름답고 멋진 사람 사는 세상이 만들어지지 않을까 하는 생각을 해봤다.

그럼 괜찮은 사람은 누구일까? 살아가면서 남에게 폐 끼치지 않고 내 할 일을 하면서 함께 사는 누군가에게 힘과 용기가 되고 감사와 사랑을 말할 수 있는 사람이 괜찮은 사람이 아닐까?

우리 사회는 괜찮은 사람만 있는 게 아니고 괜찮지 않은 사람도 다수 있다.

'괜찮다'의 일반적인 의미는 낫다, 수수하다, 무난하다, 좋다, 그럴듯하다 등의 정도로 표현해 볼 수도 있다. 괜찮은 사람이 되기 위해서는 먼저 괜찮은 생각부터 해야 한다고 한다.[19] 그게 맞는 말 같아 보인다. 왜냐하면, 생각해야 행동이 뒤따르지, 행동부터 하고 생각하는 사람은 늘 실수를 범하기 쉽기 때문이다.

첫째 '괜찮은 생각'은 바로 '나'라는 존재를 인정하고 받아들이는 일이다. 남들이 뭐라고 하건 간에 내가 나를 인정하고 귀하게 여기는 감정이 있어야 한다는 것이다. 그게 바로 자존감이며 살아가는 데 가장 중요한 덕목이자 중심이 되는 감정이라고 한다.

둘째 괜찮은 사람이 되기 위해서는 우선 자기 자신을 사랑할 줄 알아야 한다. 자기 자신을 사랑할 줄 모르는 사람이 어찌 남을 사랑해 주는 마음이 생기겠는가? 왜 자기 자신을 사랑해야만 하는가에 대한 답은 자기가 이 세상에서 가장 가치 있고 가장 존귀하기 때문이다.

내가 존재함으로써 상대의 가치도 빛나고 그 가치를 내가 부여함으로써 삶의 의미가 있고 존재 이유가 생기는 것이라고 본다. 내가 없는 세상은 아무런 의미도, 가치도 없다. 따라서 남에게 폐 끼치지 않고 자존감을 느끼고 사는 사람이 바로 괜찮은 사람이 아닐까?

괜찮은 사람이 많은 세상은 결국, 자신을 사랑하는 사람이 많은 세상이라고 보면 될 것 같다. 괜찮은 사람이 많을수록 바람직한 인간관계가 형성되어 살만한 세상이 만들어지고 아름다운 사회, 밝은 미래의 세상이 열리는 법이다.

여유가 있을 때마다 "나 정말로 괜찮은 사람이야, 진짜 괜찮은

---

19 "나는 참 괜찮은 사람이야!" | 작성자 서나샘

인간이야." 하면서 자신을 칭찬하고 사랑한다면 진짜 괜찮은 사람이 되어 가는 느낌을 얻게 되고 그렇게 변해가리라 굳게 믿고 싶다.

주변 사람들이 '저 애는 성격도 좋고 생각하는 게 참 예뻐'라고 말해주는 사람이 그게 괜찮은 사람이다. 괜찮은 사람의 조건은 정해진 값이 없다고 본다. 그저 남에게 피해 안 주면서 사람 구실 하는 사람이면 족하다고 본다.

지금까지 내가 남들로부터 여러 단점 때문에 외면당하거나 좋게 인식되지 않았더라도 이 순간부터 단점, 옳지 않은 생각들을 하나씩 하나씩 지워가다 보면 어느 순간 나도 꽤 괜찮은 사람 축에 포함되지 않을까?

산수傘壽로 가는 길목에서 희망을 보다

마음만은 청춘(靑春)이다

　우리가 살면서 언제부터인가 나이에 의한 세대 구분이 이슈화가 되어, 상호 간 전쟁 같은 언쟁이 일어나곤 한다.

　세월의 흐름에 따라 출생자 수 감소와 노령화의 진행으로 세대가 구분되고 그 기준이 바뀌어 가고 있다. 노령인구 증가로 지하철에도 노인, 약자를 위한 배려석이 마련돼 앉을 수 있는 기준 나이도 설정되어 있지만, 종종 분쟁은 일어나고 있다.

　나이는 65세가 되었는데 자신의 노력으로 젊게 보이는 사람도 있어 가끔 오해와 착각으로 언쟁이 일어나는 일도 벌어진다.

　그럼, 노인(old age, old people)의 기준은 얼마가 적당할까? 노인복지법 규정에 따르면 65세 이상인 자로 되어있다. 또 UN은 총인구 중 노인이 차지하는 비중이 7%면 고령화 사회, 14%면 고령사회, 20%가 넘으면 초고령화 사회가 된다고 한다.[20] 2022년 한국은 노인 인구가 17.5%(900만 명)를 넘어 초고령화 사회로 진입해

---

[20]　다음 백과사전

가고 있다.

2023년에 접어들어 노인에 대한 인식이 재점화되면서 노인의 나이를 늦추자는 여론이 높아지고 있다. 이유는 재정 악화 및 어르신에 대한 양질의 서비스 제공과 70세 이전 유휴 노동력의 재활용, 미래 세대들의 세금에 대한 짐을 덜어 건전한 내일, 밝은 사회를 만들자는 취지에서였다.

'노인' 하면 그저 나이 드신 분, 어르신, 늙은이, 시니어, 실버 등 다양한 용어로 표현하지만, 결국에는 사용 가치가 줄어 용도 폐기되어 가는 사람이라고 생각하는 것 같다.

하는 일 없이 빈둥거리는 사람을 백수라 하고 구태의연한 사고 방식을 강요하는 직장 상사나 나이 많이 먹은 사람을 꼰대라고 부른다. 해서 요즘은 퇴직한 쓸모없는 노인은 꼰대와 백수라는 2가지 프레임을 씌워 잔소리꾼, 귀찮고 성가신 존재로 치부한다. 늙었는데 가난까지 하다면 노궁, 노땅이란 은어까지 써가며 은연중 멸시나 천박한 노인으로 취급당하는 경우도 종종 있다.

과거에는 노인을 존중하고 공경하는 시대가 오랫동안 지속되어 동방의 예의 바른 나라로까지 알려졌는데 사회가 어쩌다 이런 지경까지 왔는지 개탄스럽다.

부모 공양은 자식의 의무라는 생각이 무조건이었는데, 2007년 어느 조사기관에 의하면 53%였던 결과가 세월이 흐를수록 희미해져 2022년도에는 겨우 21%에 머물렀다고 한다. 이제는 자식의 의무가 아닌 선택 내지는 희망 사항이라는 점을 눈여겨봐야 할 것 같다.

지금까지 앞만 보고 달려왔는데, 이젠 갈 곳이 없어 멍하니 서성이는 사람, 열심히 일하고 성실히 살았는데 세월이 흘러가고 난 지금 빈털터리라는 허탈감에 젖어 있는 사람들이 노인의 대표적 특징으로 나타나는 것 같다.

과거 젊은이가 세월과 함께 청년이 되고 장년이 되고, 그리고 노년에 이르러 노인이란 팻말을 달게 되었다. 가는 줄 모르게 세월이 가고 오는 줄 모르게 노년이 되었다.

나이가 들어 노년이 되어 보니 배워도 헷갈리고 갈수록 기억력도 쇠잔해 갔다. 아무도 나이 듦은 피할 수 없고 노인은 누구에게나 온다. 젊음은 영원하지 않고 노인은 유구하지도 않다.

"누구든 노인 한 명이 일생 겪은 이야기를 책으로 쓴다면 도서관 하나와 맞먹을 것"이라고 하는 글을 읽은 적이 한다. 강물이 흘러가듯 세월도 그렇게 말없이 지나간다. 둘은 모두 돌아오지 않고 그냥 흘러만 가는 게 공통점이다.

흘러가는 시간 속에 나도 가고 또 너희들도 간다. 그 속에서 몸은 늙어가지만, 마음은 늘 청춘인 양 착각하며 살아왔다. 흘러가는 세월 속의 20대는 20km, 30대는 30km, 40대는 40km의 속도로 빠르게 늙어가지만, 마음만은 늘 푸르다고 생각한다.

몸이 늙어가는 데 마음만 청춘을 외치면 무슨 소용이 있고 무엇을 할 수 있겠는가? 마음과 몸이 함께 변해가야 제정신을 가진 노인이 된다고 말하는데, 어떻게 마음과 몸이 함께 늙어갈 수가 있는가?

몸은 늙어가는 데 마음이 늙지 않는다면 치매는 걸리지 말아야지. 마음이 지워지는 병, 기억이 사라지는 병이 왔다면 그래도 청춘이라고 하겠는가?

젊어서 게을렀던 사람은 늙어서 보약이란 말도 있다. 젊어서 힘들게 아등바등 고생하며 죽기 살기로 일한 사람은 몸을 사용한 만큼 고장 나고 일찍 늙어가지만, 빈둥거리며 쉬엄쉬엄 세월을 보낸 사람은 쉽게 늙지 않는다는 뜻이겠지.

늙어가는 현상은 자연스러운 것이어서 흠이 되거나 욕먹을 일은 아니다. 젊음이 너의 노력으로 받은 상(賞)이 아니듯 내 늙음도 나의 잘못으로 얻은 벌(罰)이 아니므로 그렇게 비난받거나 자책하지 않아도 좋을 듯싶다.[21]

노인은 사라져 가기 위해 존재하는 것이 아니라 세상에 따뜻한 빛을 밝히려 존재한다. 늙어가는 것은 평생의 경험과 지식이 농축되어 지혜가 쌓이는 것이며 그 지혜 속에 인생의 가치가 묻어나는 이치를 전해주고 싶은 것이다.

20대는 20평에 30대는 30평에 60대는 60평, 70대는 70평만큼의 지혜와 지식, 경험이 쌓여있는 마음의 방이요 사고의 창고인 셈이다. 즉 인내와 경륜과 삶의 기술이 집약된 결과라고 본다. 술은 묵을수록 진한 향기와 깊은 맛을 만든다. 같은 이치이다.

'집안에 노인이 없으면 어디서 꿔서라도 오라'라는 그리스 속담처럼, 지혜가 깊고 경험이 풍부하며 경륜이 쌓인 노인이 있어 그 집안의 평화와 질서가 유지되고 올바른 가정교육을 통한 진정한 삶의 가치를 배울 수 있는 장이 되기 때문일 것이다.

60대 이상의 어른들은 밥상머리 교육을 통해 인간의 정과 끈끈한 인연을 이어 가는 과정을 경험했던 세대다. 밥상머리에서

---

21 박범신 작가의 소설 '은교' 중

나누는 대화는 식사에 대한 예절이나 인간적인 이야기부터 삶의 고민이나 문제점, 궁금한 내용을 서로 묻고 답하는 일상의 이야기를 통해 서로 배려하고, 이해하는 능력과 서로의 감정을 공감하는 소통의 장으로서 기능을 한 것이라고 생각한다. 그래서 가족이 함께하는 식사 시간은 세상에서 가장 행복한 시간이고 가장 훌륭한 교실은 가족이 함께 둘러앉은 밥상[22]이라고 했다.

식탁은 아이들에게 예절을 비롯한 모든 교육의 시작점이라고 볼 수 있다. 그런데 어느 순간 산업화에 따른 핵가족의 출현으로 이산가족이 되고, 가정이란 공동체가 무너지면서 밥상머리 교육은 흔적 없이 사라져갔다.

가정과 사회의 기강과 법도, 질서를 이끈 세대가 60대 이후 노인들이다. 해서 노인이라고 다 무능하고 더럽고 쓸모없는 사람이라고 치부하지는 말라. 명심보감에 나오는 '그대는 오늘 노인을 보고 웃지 마시오. 내일 아침이면 그대도 노인이 되어 있을 테니까.'라는 말이 가슴에 꽂힌다. 노인은 자신이 다시 젊어질 수 없다는 것을 알지만, 젊은이들은 자신들이 늙어간다는 것을 모른다는 유대인 속담을 생각해 봐야 한다.

나이 먹어가는 것이 대접받을 일은 아니지만, 장유유서(長幼有序)가 있는 만큼 서로 배려하고 존중해주면 젊은 세대들도 세월이 흐름에 의해 이 자리로 돌아와 있다는 것을 잊어서는 안 될 것이다.

먹기 좋게 익었을 때를 일컬어 "익어간다"라고 표현한다. 술이

---

22 (http://blog.naver.com(밥상머리 교육매뉴얼 충북교육청)

익어간다, 과일이 익어간다, 곡식이 익어간다 등 노인도 마찬가지로 인생을 먼저 살아온 입장에서는 이처럼 늙어가는 것이 아니라 익어가는 게 맞다. 나이를 먹는다는 것은 늙어가는 것이 아니라 익어가는 것이라고 스스로 위로하며 멋지게 표현하지만, 막상 늙는다는 것은 산전수전 다 겪고 돌아갈 수 없는 처지에 이르게 되는 것이다. 한번 핀 꽃은 다시 피어날 수 없듯이 우리 인생도 그러하다.

대부분 삶의 현장에서 노인은 귀찮고, 도움이 안 되는 대상으로 여겨지거나 함께 사는 것이 불편하고 골칫거리인 존재이다. 각종 질병으로 인해 비정상적인 행동이나 삶의 의욕이 상실해 가는 측면에서 보면 늙어가는 것이 맞다.

나이가 늘어남에 따라 세대 간 노인 폄하, 정서적 학대, 나아가 폭력적 행위로 정신적 스트레스와 육체적 고통을 받는 존재가 되어 가고 있다.

겉은 낡아가도 속은 날로 새로워지는 것이 아름답게 늙는 것이요, 겉이 늙어갈수록 속은 더욱 낡아지는 것이 추하게 늙는 것이다. 어느 쪽으로 늙어갈 것인가는 각자의 몫이며 어떻게 사는 것이 옳은가는 노인 스스로 판단해야 할 것이다. 사람은 모두 각자만의 시간과 추억을 가지고 늙어가기 때문이다.

늙어간다는 것은 때가 되면 버릴 줄도 알고, 물러날 줄도 알고, 비울 줄도 알고, 비껴갈 줄도 아는 사람이 곱고 아름답게 늙어가는 사람이란 걸 알아야 한다.

모든 사람이 그런 것은 아니지만 왜 사람은 늙으면 노추(추한 늙음)가 되기 쉬운 걸까? 노추란 겉모습의 추악함을 일컫는 것이 아

산수傘壽로 가는 길목에서 희망을 보다

니라, 나이가 많은 사람이 그 나이대로 행동하지 못했을 때, 즉 나잇값을 못 할 때를 이르는 말이다. 겉모습도 나이에 따라 변해 가는데, 0세에서 20세까지는 부모님이 만들어주신 얼굴이고, 30부터 50세까지는 사회가 만들어준 얼굴이고, 60부터는 자신이 스스로 만들어 가는 얼굴이므로 노력과 생각에 따라 곱고 우아한 모습인지, 추악한 모습인지가 달려 있다.

해가 바뀔 때마다 되돌아볼 생각은 하지 않은 채 늘 '내 나이가 어때서'만 찾지 말고, 서산에 지는 붉은 노을에 가슴이 뛰고, 가을에 무르익은 멋진 단풍을 곱고 우아하게 바라보며 그렇게 아름다운 노년을 맞이하면 좋으련만. 마음먹은 대로 안 되는 것이 노화의 길인가 보다.

노사연 씨의 노래 가사처럼, 매일 해결해야 하는 일 때문에 내 시간도 없이 살다가 평생 바쁘게 걸어왔으니, 다리도 아플 만하다. 이게 노인이 가는 진정한 길이였던가 묻고 싶다. 비록 육체는 노화로 힘들고, 병들고, 마음먹은 대로 움직이지 않아도, 마음만은 늘 청춘처럼 젊었을 때를 기억하자. 아름답게 상상하고 풍요롭게 구가하며 몸도 늘 청결하게 유지하고 생각도 긍정적으로 허공만큼 높게 바다만큼 넓게 품으며 "나도 이만하면 잘 살아왔구나" 하며 어깨 쭉 펴고 살아가자.

지나간 청춘은 다시 오지 않지만, 가슴 속 청춘은 영원히 늙지 않는다. 현실을 마음껏 즐기며 사는 게 그게 바로 청춘이다.

'청춘은 바로 지금이고 바로 나다.'

복조리(福笊籬)

복조리를 아시나요?

옛날 우리 세시풍속으로, 섣달그믐날 한밤중부터 정월 초하룻날 아침 사이에 걸어놓고 복을 빌던 조리라는 의미를 담고 있는 복조리(福笊籬)를 아십니까?

임인년 새해를 맞아 50여 년 이전까지 내려왔던 풍습이 생각난다. 섣달 그음 날 자정부터 그해 정월 초하루 아침 사이에 조리 장수는 "복 많이 받으세요"라고 외치며 복조리를 담 넘어 집 마당에 던져놓고 갔다.

그리고 대부분이 정월 대보름이 지나고 조리 장수가 돈을 받으러 다녔다. 조리값은 깎지도, 무를(반납) 수도 없다고 한다. 왜냐하면, 값을 깎으면 복을 깎거나, 복을 찬다고 생각했기 때문이다.

조리가 만복을 일구어주리라는 믿음에서 비롯한 풍습은 주거문화와 생활방식의 발전으로 1970년대 전반까지도 간혹 성행했으나 이제는 옛 풍속으로 사라져 역사 속에 묻혔다.

산수傘壽로 가는 길목에서 희망을 보다

가정에서는 이 복조리를 대청, 안방 문, 마루 한쪽에 걸어두었다. 일 년 내내 복이 굴러들어 온다는 믿음과 그렇게 이루어지도록 간절히 소망하는 바람으로 걸어두는데, 일 년 중 한번 정초에 행하여지는 풍속이었다.

조리는 원래 쌀을 이는 기구인데, 곡식 속에 돌을 골라내는 역할이었으며 어머니들이 조리를 돌리는 기술이 아주 예술적으로 보일 정도였다.

복조리는 그해의 복을 조리와 같이 긁어모아 건지고 재앙은 걸러내는 뜻도 담겨 있다. 대나무나 싸리나무로 만든 옛것은 거의 찾아보기 힘들고 대개 장식 용구로 사용되며 요즘은 철망이나 플라스틱으로 대체되어 부엌을 지키고 있다. 그래서 조리는 밥주걱과 뒤집개와 함께 부엌을 지키는 삼신으로 여겨왔다. 지금은 관광지에 여행을 가면 이들 세 가지를 모두 만날 수가 있다.

복조리를 집 안에 걸어두지 않으면 우리 집만 복을 받지 못할 것 같아 억울했고, 부자가 될 수 없다는 생각에 불안했다. 그래서 복조리를 사면 일 년이 평안하고 무탈하게 보낼 수 있다는 마음에서 마련하였다.

지난해 안 좋은 일은 다 지나가고 좋은 복만 머무르길 바라는 마음에서 시작된 것이라고 해석할 수도 있다.

강병철과 삼태기의 메들리에도 이런 대목의 가사가 나온다. '행운을 드립니다. 여러분께 드립니다. 삼태기로 퍼드립니다. (아~~~~)' 이 가사에서도 우리 조상님들은 남에게 복을 주고 행운을 빌어드리는 좋은 전통을 만들어 시행한 것으로 보아 참됨과 착함과 아름다운 정신을 가진 민족임을 말해주는 것 같다.

복조리(福笊籬)

또한, 봄의 시작인 입춘에는 "입춘대길 건양다경(立春大吉 建陽多慶)"이나 '소문만복래(笑門萬福來)'란 글자를 써서 대문에 붙이는 행사도 복이 굴러들어 오기를 바라는 염원에서 대문에 써서 붙였다. 그것을 써서 붙였다고 복이 굴러오는 것도 아니고 안 붙였다고 복이 나가는 것도 아니지만, 가정의 평안과 가족의 화목을 위해, 마음속으로 간절히 바라고 원하면 소원이 이루어진다고 굳게 믿은 것으로 보인다.

대부분 사람은 어려움에 부닥치면 비합리적인 신앙이나 미신을 한두 개 정도는 믿는 것 같다. 인간은 나약하기에 잘 알지 못하거나 막연한 두려움을 극복하기 위해 미신이나 토속 신앙을 찾기도 한다. 우리나라뿐만 아니라 세계 모든 나라도 그들만의 토속 신앙을 수십에서 수백 가지 이상 가지고 있는 것으로 안다.

예를 들면, 어떤 학생이 특정한 펜을 가지고 시험을 잘 보면 그 뒤로 계속 그 펜은 행운을 가져다준다고 믿는다든지, 풀밭에서 네잎클로버를 찾아서 행운이 있다든지, 야구선수가 자기가 영웅으로 신뢰하는 사람이나 능력이 뛰어난 선배 선수가 쓰던 물건을 소유한 것만으로도 성적이 좋아지고, 염주를 몸에 지니고 나서 힘이 나거나 일이 술술 잘 풀린다든지, 부적을 지니고 다녔는데 재수가 있고 운수대통했다면, 믿음이 신뢰로 굳어져 그런 현상이 강하게 나타나는 것 같다.

야구 천재 오타니 쇼헤이 선수는 미국 프로야구에서 6시즌을 뛰는 동안 투수로서, 타자로서 매우 뛰어난 실력을 발휘하여 미국 프로야구에서 최고의 가치를 입증했기에 10년 7억 달러라는 어마어마한 계약을 성사했다. 그가 그만한 성적을 거두는 데는

　산수傘壽로 가는 길목에서 희망을 보다

등 뒤에 단 17번이라는 숫자의 덕분이란 믿음이 있어서 그는 다른 팀에 가서도 17번을 달고 있는 동료 선수에게 17번을 양보해 달라고 부탁했고, 팀 동료는 아낌없이 양보해 주었는데, 오타니는 그 고마움에 양보해 준 선수의 부인에게 억대의 스포츠카를 선물했다고 한다. 사람은 자신만이 지키고 싶은, 믿고 싶은, 그것이 나를 지켜주고 행운을 준다는 신념 같은 자기 신앙이 있는 것 같다.

이와 같은 이치로 복조리가 행운과 행복을 가져다주는 믿음에서 삼태기에 복조리를 담아 걸어두면 없던 복도 굴러올 것이라는 강한 의미를 부여했기 때문일 것이다.

우리 조상님들은 조리 외에도 소코뚜레도 걸어 놓았고 복조리문종, 하회탈 등을 집에다 설치해 복을 부르고 잡귀를 물리치도록 하였다고 한다.

임인년 새해에는 복조리를 사서 현관이나 마루, 거실, 문기둥에 매달아 놓고 일 년 내내 좋은 일, 복된 일, 건강한 일 모두 담아내는 풍속을 재현하여 즐겁고 신나는 새해를 맞이해 보면 어떨까?

소 코뚜레   복조리

복조리(福笊籬)   131

코로나와 델타 변이, 오미크론의 출현으로 2년간 서로 만나지 못하고 여행도 못 하고 대화도 할 수 없었던 암울한 시대를 청산하고 밝은 내일로 나가는 희망도 담고, 바라는 소망이 성취되는 새해의 기원도 빌어 보자.

설날을 맞이하여 잊혀 가는 고유의 풍습을 기억하는 것도, 옛 시절의 훈훈한 인심을 그리워하는 것도 이제는 모두 기억 속에 갇혀있는 신세가 된 것 같다.

어르신이 지난 한 해를 무사히 넘기고 새해를 맞이한 것에 대한 안녕의 기원을 염원하는 뜻에서 기인한 풍속이 세배(歲拜)이다. 정월 초하룻날 새해의 첫인사로 집안의 어른은 물론 동네 어른들께 세배드리고 손자 손녀들로부터 세배를 받으며 세뱃돈을 주는 소소한 행복도 이제는 점점 사라져가 역사로 남게 되는 것이 안타까울 뿐이다.

올 정초에는 아들 며느리, 손자 손녀, 삼대가 윷놀이를 하면서 즐기는 명절이 되었다. 8살 손자가 윷놀이판을 그려 자기 주도로 윷판을 흔드는 영특함으로 분위기를 만들어 가는 것이 대단해 보였다. 윷놀이가 너무 재미있고 웃겨서 일 년 치 웃음을 다 웃은 것 같다.

초등 1년 손자가 그린 윷놀이 말판도

사람의 품격

사람은 품격과 품위를 지녀야 한다고 말한다. 품격은 인간의 도덕성과 인격을 바탕으로 표현하는 데 반해, 품위는 문화적 수준과 생활적인 면을 나타내고 있다고 한다.[23]

같은 이름을 가진 물건이라도 그 품질에 상하가 있듯 사람의 품격에도 상하가 있다. 물론 인간관계에서 품위는 그 사람이 갖고 행하는 인품이자 사회생활 과정에서 형성된 사회적 관념으로서, 사회 구성원들이 각각의 지위나 위치에 따라 갖추어야 할 품성과 교양의 정도로 표현할 수 있다고 나와 있다.

품위가 높은 사람은 세련된 언어와 태도 등을 보여주며, 예의바른 행동을 지니는 등 인간으로서의 완성도를 높이는 것이라고 본다. 고로 품위는 위상이므로 자신이 노력하고 지키려 한다면 얼마든지 높일 수도 있고 실추시킬 수도 있다.

소를 보고 우격이 있고 돼지를 보고 돈격이 있다고 말하지 않

---

23   http://cafe.daum.ilovejayeun(해달별사랑)

산수傘壽로 가는 길목에서 희망을 보다

는다. 왜 동물에게는 품격이 없을까? 그들 세계는 사고능력이 낮으므로 격식을 따지지 못하고 언어가 존재하지 않아서 오로지 먹이사슬에 의한 약육강식이나, 힘에 의한 우열의 경쟁만이 존재하다 보니 그런 것 같다.

품성은 인간 됨됨이를 알아보는 가장 기본적인 척도라고 한다. 품(品)자는 입 구(口)가 세 개가 모여서 말이 쌓이고 쌓여 품성(인품)이 된다는 뜻이다. 즉 여러 사람이 좋은 사람으로 인정한다는 것이 품위라는 것을 의미한다.

말은 정제된 언어로 부드럽고, 따뜻하고, 정이 넘쳐나고, 이해하기 쉬운 말로 나타내야 품위가 살아난다. 이해하기 어렵거나 어려운 단어, 외국어를 섞어가며 유창하게 말한다고 해서 품위가 있어 보이지는 않는다. 무심코 던진 말 한마디에도 그 사람의 품성을 짐작할 수 있기 때문이다.

내가 먼저 좋은 생각을 가져야 좋은 사람 만나고, 내가 먼저 따뜻한 마음을 품어야 따뜻한 사람을 만나고, 내가 먼저 좋은 인상과 미소로 대해야 좋은 매너를 가진 사람을 만날 수 있다.

품격 있는 삶을 위해서는 어떻게 해야 할까? 내가 먼저 겸손해야 하며, 남의 말에 참견하지 말고, 경청하는 자세를 갖고 매사 친절과 예의로 정중하게 대해야 한다. 그러기 위해서는 인간관계에서 서로를 존중하고 배려하는 마음을 기르고 사람답게 살아가는 법과 행동을 지켜야 함이다.

세월의 흐름과 인간의 삶 속에 이어져 온 아름다웠던 세 가지 기본 원칙인 삼강(덕목)은 언제 어느 날부터 고물 쓰레기처럼 버려졌고, 인간관계를 말하는 다섯 가지 질서(미덕)인 오륜은 서서히 침몰하는 배처럼 소리 없이 가라앉아 버렸다.

이것이 유구한 역사 속 사람들의 마음에 자리 잡았던 핵심 가치였는데, 세상은 넓고 문화나 문물이 빠르게 유입되다 보니 새 것이 낡은 것을 밀어내는, 즉 새로운 문화나 문명이 토종의 제도나 관습을 삼키는 것 같은 현상이 나타난 것이다. 그레샴의 법칙인 '악화가 양화를 구축' 하듯이 악인(惡人)이 양인(良人)을 구축(驅逐)한다는 말이 떠오른다.

지금은 수학 100점, 영어 100점이 더 중요하고 절실하지, 도덕 100점은 저 멀리 진학이나 취업 그리고 승진에는 전혀 쓸모가 없는 과목이 되어 갔다.

오늘 저녁 뉴스에 광역버스 빈 좌석에 큰 짐을 올려놓고 치워달라는 요구도 거절해 승객을 서서 가게 만든 젊은 여성의 이야기가 나왔다. 그 여성은 사람보다 자기 짐이 더 소중하다는 자기주장을 펼치며 손님과 버스 기사의 요구도 묵살했다. 그러자 옆자리 승객이 "사람 자린데 물건이 타면 어떡하냐"라고 지적하자 여성은 "아니, 자리가 없으면 사람을 덜 태워야죠"라고 항변하면서, 자기 물건에 손대면 고소하겠다고 말했다고 한다. 그런가 하면 고속버스에서 등받이를 최대한 내린 채로 뒷좌석 승객과 승강이를 벌인 젊은 여성의 영상이 온라인에서 화제가 되기도 했다. 이 여성은 고속버스 좌석 등받이를 최대로 내려 거의 누운 자세로 착석해 뒷자리에 있던 연세가 좀 드신 남성 승객은 다리를 움직일 수 없을 정도로 불편했다. 그래서 앞 좌석 여성에게 정중하게 등받이 의자를 조금만 당겨달라고 부탁했다. 그렇지만 돈 내고 산 좌석이고, 등받이를 뒤로 젖히게 만든 것은 용도에 따라 편리하게 이용하라고 만든 것인데 뭐가 문제냐고 욕설까지 하며 분위기를 험악하게 만들었다는 영상을 보았다. 요즘은 예의나 배려, 양보라는 단어는 어디에 숨겼는지 보물찾기라도 해야 찾을 수 있을 정도다.

오로지 자기 권리나 편의만 주장할 뿐 인성은 헌신짝 버리듯 버렸고, 품성이 어디에 숨어있는지 찾기조차 어려운 지경에 이르렀다.

일부 몰지각한 사람들에 의해 벌어진 행동이지만, 우리 사회에서 인간관계의 질서가 무너지고 장유유서의 아름다운 관계가 파괴되는 예가 아닌가 하는 의문이 남는다.

2023년 서울 한 아파트의 화재에서, 30대 아버지가 7개월 된 딸을 안고 어머니는 4살 된 아이를 품에 안은 채 4층에서 뛰어내렸다. 어린 딸의 생명은 구했지만, 아버지는 숨지게 된 안타까운 사건을 접하면서 자식에 대한 부모의 거룩한 헌신을 보았다.

이에 반해 어린 자녀를 아파트에 홀로 남겨두고 2, 3일 집을 비워 아이가 굶어 죽게 하는 비정의 엄마도 있고, 부모의 아동 학대로 한 해에 30여 명이나 희생되고 있다는 충격적 뉴스를 보았다. 부모와 자녀 사이에는 친애와 인륜으로 맺어진 끈끈한 정이 있음에도 이런 끔찍한 일들이 일어나는 것은 부모와 자식과의 관계(父爲子綱)에서 지켜야 할 도덕적 원칙과 윤리가 무너져 이상한 세상으로 변질되어 가는 것 때문에 걱정이다.

요즘은 부모의 상속 재산을 둘러싼 자녀 간 다툼, 시기, 암투, 모략, 사기 등 있어서는 안 될 인륜에 반하는 일들, 부모가 자녀를 학대하여 몹쓸 짓을 하는가 하면 자식이 부모를 해치는 일이 서슴없이 벌어지는 천륜을 범하는 일도 심심찮게 일어난다.

여기에 부부 간 갈등으로 싸움과 폭언, 구타 등으로 이혼 건수는 매년 늘어나 결혼하는 3쌍 중 1쌍이 이혼하는 괴 사회현상이 벌어지는 것도 부위부강(夫爲婦綱)이란 덕목이 무너져 내린 결과라고 본다.

전통 유교 사상이 너무 엄격하고 지키기 힘든 제도이긴 하나 우리 민족이 핵심 가치로 삼고 지켜왔던 것은 분명하다.

낡은 제도나 규범들은 모두 시대에 뒤떨어져 역사의 유물로 취급되는 세태를 보며 상식과 정의는 어디로 갔는지 정말 궁금하다.

벗(友)의 도리는 믿음과 우정, 예의가 존재해야 한다는 붕우유신(朋友有信)도 시대의 변화와 관계의 다양화에 따라 수시로 변질되어 사기, 거짓, 피싱, 협박, 간교 등 다양한 방법의 속임에 의해 믿음은 깨지고, 우정은 금이 가고, 신의는 바닥나고, 예의는 겉치레에 불과한 상황이 되었다.

과거에는 대가족제도 하에 온 가족이 밥상에 둘러앉아 식사하며 가정의 질서와 윤리의식을 배웠고, 가족 간 대화 속에 인정과 배려가 숨 쉬고, 형제간의 우의와 협동 그리고 나눔을 익혔다. 가족이란 우산 아래 서로 겸손, 사랑, 용서하는 것을 학습하고 헌신하고, 희생하고, 존중하는 가족애를 키워 왔다.

이러한 가족제도가 인구의 감소와 사회구조의 변화, 직업 종류의 다양화로 핵가족화가 심화하였다. 요즘은 1인 가족이 전체 가구의 34.5%를 넘어 초 핵가족으로 변하다 보니 자기중심적 사고와 이기심으로 가득 차 자기 생각, 감정, 입장을 우선시하고 상대방의 입장이나 관점은 전혀 고려하지 않고 무시하는 경향이 점점 증폭되어 가고 있다. 인성이나 품격이 비상식적으로 변해가는 것이 상식인 양 되어버린 사회구조가 우려스럽기만 하다.

물론 1인 가구가 증가한다고 다 이런 경향을 보이는 것은 아니지만, 인간관계나 사회 구성원 간 자주 충돌하고 이해심과 배려심이 사라져 사회질서와 공공의 유대를 약화하는 계기가 되어서는 안 되겠다.

무릇 변화는 거스를 수 없는 현상이고 외풍은 막을 수 없는 장벽이라지만, 우리는 홍익인간으로서 우리의 것 즉 우리만의 전통과 정신은 지켜야 할 의무와 책임을 생각하고 저버리지 않았으면 한다.

설사 그것이 현시대와 삶의 방식에 맞지 않는다고 해도 우리네 마음속에는 정신적 유산으로 간직하고 인격과 품행을 쌓는 데 필요한 덕목으로 지켜가야 한다고 본다. 그래서 사람은 품격과 품위를 가져야 한다는 것이다.

품위는 내가 만드는 것도 있지만 남이 지켜주고 보호해 주는 일도 있다. 내가 만들어 가는 것은 나의 언행이 사람이 지켜야 할 최소한의 예의나 법도에 벗어나지 않게 하는 일이다.

예컨대 술을 마신 뒤에 본성을 잃고 사람답지 못한 행동을 한다면 남들이 보기에 우습게 볼 것이며, 사람답지 못한 처사로 인해 자신의 품위를 손상할 것이다. 인간의 범주를 벗어나 행동하는 사람, 인간의 질서 속에 자주 이탈하거나 못 지키는 사람, 자신의 이익과 안위를 위해 잦은 거짓말로 타인에게 피해를 주는 사람들이 이 범주에 들어간다고 본다.

품위가 떨어지면 신뢰가 무너지고 신뢰가 무너지면 관계 설정에도 많은 타격을 보게 된다. 남이 지켜주는 것에는 나의 언행과 매너, 인간다움이 묻어날 때 상대방도 나의 품위를 높이 평가하고 지켜 주려 노력한다.

나이가 들어갈수록 사람은 나이 자체가 일상생활에서 보이지 않는 지위가 형성되어 왔다. 세월이 흐르면서 아이에서 청년, 청년에서 장년, 장년에서 노년으로 옮겨가는 과정에서 얻어지는 보이지 않는 지위, 즉 아랫사람은 윗사람을 존경하고 예절과 예의로 대하여야 한다는 순리를 말하는 것이다.

과거의 가족제도 아래에서는 어느 가정이나 어른들은 절대적 우위에 있고 그분들의 말씀이 법보다도 우선해서 지켜야 한다는 불문율이 있었다.

그런데 요즘 온갖 제도의 혁신과 사회구조의 급변화, 통신 기술의 발달로 서양 문화의 급속한 습격, 고도 산업화에 따른 직업의 다양화, 가정환경의 대변화로 인해 집안에는 어른은 없고 이기주의만 가득한 가정만이 존재하는 것 같다.

사람이 고급옷이나 뿔테안경을 끼고 유명 메이커 상품으로 치장해도 기품이 있다고 말하지 않는다. 부자라고 온갖 비싼 상품이나 제품들로 몸을 휘감고 금은보석으로 장식하고 다녀도 멋은 있을지 모르나 위엄이 있다고 보기는 어렵다.

여성이 곱게 화장하고 고급 핸드백에 온갖 액세서리로 장식을 해도 잠깐 멋지고 더 젊어 보일지언정 품격은 있어 보이지 않는다. 그것은 단지 아름다워지고 예뻐지려는 인간의 본능에서 하는 행위일 뿐이다. 향기롭고 그윽한 향수를 뿌려도, 진한 메이크

업으로 감추어도 품위는 밖에서 풍기는 것이 아니라 내면에서 솟아나야 가치가 있는 것이다.

화장(化粧)의 목적은 자신의 콤플렉스를 감추거나, 더 젊게 보이려는 욕구 때문이기도 하고, 자신보다 잘생긴 대상에 대한 동경심 때문에 따라 하려는 심리 때문이기도 하다. 그러나 성형을 한다거나 분장한다고 해서 품격과 품위가 나타나는 것은 아니다. 단지 예뻐지고 아름다워질 수는 있어도 고상하거나 기품이 우러나지는 않는다.

좋은 대학을 나왔어도, 박사학위를 받았어도, 높은 지위에 있어도 기품과 위엄이 채워지는 것도 아니다. 허름한 옷을 입고 많이 배우지 못하고 돈이 없어도 기품과 위엄이 풍기는 사람도 있다. 마음속에서 우러나는 따뜻한 말과 격려, 남을 위해 배려하고 양보하는 마음가짐이 있을 때 기품과 위엄이 흘러나오기 때문이다.

이것으로 미루어 보면 기품과 위엄을 지키는 것은 어려운 일이 아니다. 돈이 드는 것도, 커다란 지식을 요구하는 것도, 힘든 노력을 해야 하는 것도 아니다.

고마운 사람에게 늘 감사의 인사를 표할 줄 알고, 미안한 사람에게 고개 숙여 사죄할 줄도 알고, 소중한 사람의 말을 정성껏 경청하는 사람이 바로 기품을 가진 사람이 아닐까?

품격 있는 사람은 마음 씀씀이와 행동이 다르며 남을 즐겁게 하는 향기를 가지고 있다. 그래서 정이 많고 인간미가 흐르는 사람이 바로 사람다운 사람인 것이다.

꽃에 향기가 있듯, 사람에겐 품격이 있다. 그런데 꽃이 싱싱할 때 향기가 신선하듯이, 사람도 마음이 맑을 때 품격이 고상하다. '썩은 백합꽃은 잡초보다 그 냄새가 고약하다.'라는 영국의 극작가 셰익스피어의 말을 되새겨 보면서 사람다움에 좀 더 가까워지는 길은 무엇일까 생각해 보자.

하늘이 호수에 빠지던 날

파란색 도화지 위에 지나가는 뭉게 구름이 그림을 그린다.
제목도 없고 주제도 모른 채 생겼다가 흩어지고
다시 나타난다.
하늘 위 그려진 모습이 아래에 또 있네
어쩜 하늘과 호수가 똑같은 모습이지

아! 파란 하늘이 호수 속에 빠졌나 보다.
봄기운에 취해 하늘도 잠시 졸았나 보네.
자연도 가끔은 여유로워질 때 이렇게 깜빡하는가 보다.

자연 속 이야기

봄은 왜 기다려지는 걸까?

봄은 언제 어느 곳에서 어디로 어떻게 오는가?

입춘은 24절기 중 제일 먼저 찾아오는 절기로 양력 2월 4일이나 5일 무렵이며 봄이 시작된다고 생각하는 날이다. 가정에서는 콩을 문이나 마루에 뿌려 악귀를 쫓고, 대문 기둥이나 대들보, 천장 등에 "입춘대길(立春大吉)", "건양다경(建陽多慶)"을 써서 문에 붙여 집집이 복이 가득하기를 기원하는 입춘첩을 붙이는 풍습도 있다.[24]

봄이 오는 소리를 느끼는 정도나 체감하는 정도는 개인에 따라 다르지만, 통상적으로 알 수 있는 것은 눈에 보이는 것에서 봄을 맞이하고, 피부로 느끼는 것에서 봄이 왔다는 사실을 알기도 하고, 소리로 느끼거나 마음속에 젖어 드는 감성으로 느끼는 것으로 나누어 볼 수 있다.

첫째 보이는 것으로는 냇가에 피는 버들강아지의 기지개, 능수

---

[24] 다음 백과사전

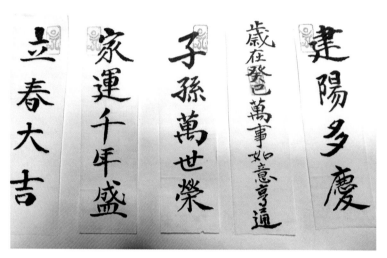

처 작은아버지가 써주신 입춘첩

버들 가지에 피어나는 연두색 물오름, 개나리, 산수유 등 노란 꽃망울에서, 양지바른 언덕에서 아지랑이 봄기운이 피어날 때 봄을 느낀다.

둘째 피부로 느끼는 것에는 햇살이 피부에 닿아서 따사롭게 느껴지거나, 피부에 닿는 바람결이 보드랍게 느껴지거나, 기온 상승으로 겨울 외투를 훌훌 벗어버리고 봄 패션으로 변화된 모습에서, 나뭇가지에 맺힌 몽우리에서도 봄을 느낀다.

셋째 소리로 느끼는 것에는 꽁꽁 언 얼음장이 뿌지직 갈라지는 소리 그 밑

꽃망울에 맺힌 물방울

　산수傘壽로 가는 길목에서 희망을 보다

에서 '졸졸졸' 연주하는 물소리가 들리고, 개구리 울음소리에 귀가 번쩍 뜨이고, 여인네들 치맛자락이 봄바람에 나풀나풀하는 소리에서 봄을 느낀다.

넷째 마음속으로 젖어 드는 감성에서 느끼는 것으로는 24절기 중 제일 먼저 시작되는 입춘으로 마음속에 봄이 먼저 찾아온다는 단어에서 봄을 연상하게 한다.

카카오톡으로 받은 메일 중에 이런 문구가 새겨진 것을 보고 마음속에 먼저 봄을 알리는 전령들이 있구나 하는 생각도 하게 되었다.

"똑똑똑"

"누구세요."

"봄이에요."

"문 좀 열어주세요."

"꼭꼭 닫혀서 들어갈 수가 없네요."

봄의 전령이 우리 마음에 봄을 전하기 위해 왔건만 굳게 닫혀버린 마음에 전하지 못한 아쉬움을 표현한 내용인 듯하다.

겨우내 마음속에 쌓여있던 근심, 걱정, 불안, 초조 등 마음의 때를 벗고 새 마음, 새 기운으로 시작하라는 용기와 희망을 채워주려고 노크했는데 마음의 청소를 못 해 창피스러워 가슴을 열지 않고 있었나 보다.

봄은 모든 일의 시작이니까 시작을 알리는 준비의 소리일 것이다. 하루의 계획은 아침에 있고 일 년의 계획은 정초에 있으며 농사의 계획은 봄에 세운다고 한다. 그래서 봄은 시작인 동시에 설렘이라고도 한다. 무슨 일이든 시작하려면 계획을 세우고 계획을 실행하면서 마지막 얻어지는 성취감, 만족감, 기대감에 부풀어 마음은 설렘으로 다가오는 것이라는 생각이 든다.

농부는 가을에 수확의 기쁨을 상상하며 파종 계획을 세우고, 처녀와 총각들 마음에 봄바람이 살랑살랑 가슴을 파고들면 화산처럼 솟구치는 감정이 일어나 혹시나 사랑하는 짝을 만날 수 있다는 설렘이 마음을 부풀게 하는 것인지도 모른다. 그래서 모두가 봄을 기다리고 봄이 오는 소리와 현상을 듣고, 그것을 보기 위해 세상 밖으로 뛰쳐나오는지도 모른다.

봄이 왔다고 행복해지는 것도 아니고 봄의 소리를 들었다고 행운이라고 말하지는 않는다. 자신이 행복해야 세상이 아름답게 보이듯 봄이 오는 것도 준비가 되고 맞이하는 마음의 자세가 되어 있어야 기쁘고 즐겁게 느낄 것이다. 그냥 봄이라는 때가 오면 마음이 싱숭생숭하고, 가슴이 콩닥콩닥하며, 뭔가 기다려지고, 좋은 일이 생길 것만 같은 설렘, 그것은 막연한 희망 사항일 것이다.

그러나 봄이 오는 것이 마냥 즐겁고 기쁜 것만은 아닐 것이다. 봄이 가고 다시 새봄이 온다는 것은 나이를 먹는다는 것, 그래서 늙는다는 것은 모두가 바라지 않는 일이기도 하며 특히 봄철 흩날리는 꽃가루에 알레르기 반응이 나타나는 사람들에게는 생각하기조차 힘든 시기일 것 같다.

입춘이 되면 사람들은 저마다 대문에 큼지막하게 소문만복래(笑門萬福來)라고 써서 붙인다. 웃음 가득한 집안에 많은 복이 들어온다는 뜻으로 긍정적인 생각을 가지고 살아가야 한다는 의미에서 생겨난 것 같다.

산수傘壽로 가는 길목에서 희망을 보다

행복은 언제나 자신의 마음이 정하는 것이라 했다. 내가 먼저 생각을 바꾸고 내가 먼저 마음을 열면 복은 저절로 들어오지 않을까?

또 24절기의 첫 번째 날인 입춘은 어려운 이웃을 생각하는 아름다운 마음이 담겨 있는 날이라고도 전해지며, 이는 곧 어려운 이웃에게 복을 함께 나누어 더불어 살아가는 세상이 되어야 한다는 의미도 내포된 것 같다.

입춘대길(立春大吉) 건양다경(建陽多慶)도 좋지만, 천상운집(天祥雲集)이란 글도 써서 대문에 붙여보면 어떨까? 천 가지 좋은 일들이 구름처럼 모여든다는 뜻이다. 2021년 새봄 입춘에는 천상운집처럼 좋은 일들이 집마다 구름처럼 가득하기를 바라며 입춘절에 밝은 희망을 기대해 보자.

왜냐하면, 겨울의 혹독한 동장군의 기세도 꺾이게 하는 마력의 힘을 가진 입춘을 맞아 세상의 만물이 땅 위에서, 물속에서, 나뭇가지에서, 하늘에서 기지개를 켜는 소리에 나도 긴 동장군의 어둠에서 깨어나 새 각오 새 희망을 품고 세상 밖으로 나가고 싶어진다.

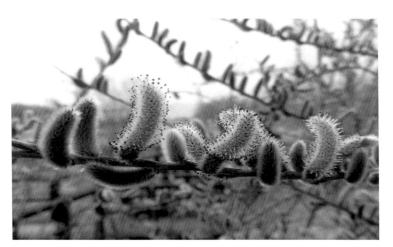

충주 호암저수지에서 입춘에 찍은 사진

산수傘壽로 가는 길목에서 희망을 보다

까치의 가치

"까치까치설날은 어저께고요 우리우리 설날은 오늘이래요."라는 동요는 매년 설날 때만 되면 듣는 국민 동요로 누구나 1년에 한 번은 들어야 나이를 먹는다는 느낌마저 든다.

까치는 까마귓과에 속한 텃새로 우리나라 시골이나 큰 아까시나무, 미루나무, 전봇대 등에 둥지를 만들고 알을 낳아 새기를 기르는 조류로서 우리의 민요나 민속에 자주 등장하는 것을 볼 수 있다.

강원도 원주 지역에서 전해지는 설화에 의하면 까치가 은혜를 알고 사람의 위기를 구해주는데, 까치의 은혜를 나타내는 반포보은의 내용도 전해지는 것을 볼 수 있다.

과거를 보러 가던 한량이 한 수컷 구렁이한테 잡아먹히게 된 까치를 그 구렁이를 죽이고 살려주었다. 나중에 한량이 죽인 구렁이의 암컷이 보복하여 죽게 되었을 때 까치가 머리로 절의 종을 받아 종소리 세 번을 울려 한량을 구하고 까치는 죽었다는 이야기는 너무도 유명하다.

민요에도 까치가 등장하는 것을 알 수 있다. 아이들이 이를 갈 때 빠진 이를 지붕에 던지며 "까치야, 까치야, 헌 이 줄게, 새 이 다오."라는 말을 한다고 할머니에게서 들었다. 칠월 칠석날이면 견우와 직녀의 만남을 위해 까치가 다리를 놓는다는 오작교 이야기 등등 수없이 많은 까치의 설화나 민속에 등장하는 이야기를 들은 것도 기억난다.

이렇듯 까치는 생활 속에도 그림이나 도자기, 병풍 속 그림, 부채, 여인의 치맛자락, 풍습에서도 많이 등장한다.

가을에 과일을 수확하고 나서 맨 꼭대기에 한두 개 까치밥으로 남겨놓은 사례는 까치를 사랑하는 우리 민족의 따뜻한 미덕이라고나 할까?

전하는 말에 의하면, 아침에 까치가 울면 반가운 사람이나 소식이 온다는 것을 알리는 새(鳥)로, 부자가 되거나 벼슬을 할 수 있는 비방을 가진 새로 인식된 것 같다. 그만큼 사람 주변에서 자주 볼 수 있고 우리 정서 속에 가장 친근하게 만나는 새로서 친근감이나 반가운 측면에서 만들어진 말이라고 생각된다.

이렇듯 까치는 예로부터 사람의 생활 속에 깊숙이 스며들어 함께 살아가던 친근감이 있었는데, 요즘은 까치집을 잘 볼 수가 없다.

시골길 가로수가 미루나무나 플라타너스가 주종을 이루었던 시절에 나뭇가지 윗부분에 까치가 집을 지은 것을 학교 가는 길에 종종 보아왔다. 그런데 요즘은 가로수도 은행나무, 이팝나무, 벚나무 등으로 바뀌면서 까치들의 쉼터마저 잃어버리게 된 것 같다.

산수傘壽로 가는 길목에서 희망을 보다

도시의 발달로 푸른 숲길 대신 삭막하고 숨 막히는 아파트 단지촌이 형성되면서 까치의 추억도 함께 소멸하여 가는 느낌마저 든다.

　아침에 까치가 울면 과연 그날은 좋은 일이나 반가운 손님이 왔을까? 정확한 근거나 과학적 논리는 아직 없는 것 같고 민속 신앙적 측면이나 샤머니즘 측면에서 접근하는 것이 바람직할 것 같다.

　내가 소도시 그것도 농촌에서 성장하는 동안 많은 이야기를 듣고, 정말로 까치가 울면 반가운 손님이나 좋은 일이 일어날 것 같은 믿음으로 희망을 품고 하루를 보내곤 했다가 실망한 적도 있다.

　일 년 중 열 번 정도 까치 울음소리를 들었을 때 손님이 오거나 좋은 일이 생긴 적은 한두 번 있을까 할 정도로 우연의 일치가 아니면 이루어지기 힘든 경우라고 생각된다. 과학적 근거도 없고 통계적 수치도 없으며 단지 그렇게 이루어졌으면 좋겠다는 선택적 희망 사항이 아니었을까 하는 생각이 먼저 든다.

　이제 와서 그것이 맞든 안 맞든 문제가 되거나 시비가 되는 것은 아니다. 반가운 손님이 안 와도, 좋은 일이 안 일어나도 오늘 하루가 편안하고 즐겁게 보냈다면 또 그것이 까치가 보여준 내적 의미로 생각한다면 좋은 일이 아닌가 싶다.

　아침에 분명 까치 울음소리를 듣고 나서 '아! 무슨 좋은 일이 생기겠는걸' 하고 길을 나섰는데 그만 돌부리에 걸려 넘어지면 '아이, 재수 없어' 하고 까치와 연관 지어 맞지 않는 내용이라고 치부할 수도 있다. 물론 넘어져 다칠 수도 있고 다치지 않을 수도 있다. 그런데 크게 다친 곳이 없다면 그것으로 인해 내가 걸어갈 때 앞만 보고 가야 한다는, 딴생각해서는 안 된다는 교훈을 얻었다면 그것이 좋은 일이 아니겠는가?

하루가 별 탈 없이 무사히 지나가면 그게 바로 행운이라고 생각을 바꾸면 마음이 편해지지 않을까?

별다른 일이 일어나지 않는 한 하루하루가 평범하게 지나가는 게 얼마나 큰 행복인지를 깨닫지 못하면서 살아가고 있는 것은 아닌지 한 번쯤은 생각해 볼 일이다.

우리의 삶 속에 일어나는 모든 일을 긍정적 사고로부터 출발하여 시작한다면 무한한 에너지를 만들어 능력을 배가시키는 효과를 가져와 하루가 즐거워지고 보람이 생길 것이다. 그래서 긍정적 사고의 출발은 바로 생각이라고 본다. 즉 어떤 관점에서 보느냐가 중요하다는 생각이 든다.

사람의 마음에는 그 사람이 경험한 모든 일이 고스란히 저장되는 신비한 기억장치가 있다고 한다. 부정적 시각으로 보면 부정적인 기억들이 기억나고 긍정적인 시각으로 보면 긍정적인 기억들이 소환된다고 한다.

만약 행운이 찾아온다면 긍정적으로 생각하는 사람에게 먼저 갈까, 부정적으로 생각하는 사람에게 먼저 찾아갈까? 누구도 의심할 가치조차 없는 질문이라고 생각해도 좋을 것 같다. 그것이 까치가 우리에게 주는 정신적 가치라고 생각하면 무리일까?

데이비드 슈워츠가 쓴 책 속에는 이런 문구가 있다. '크게 생각할수록 크게 성공한다.' 즉 마음을 넓게 쓰면 좋은 생각을 많이 담을 수 있다는 뜻이리라. 긍정의 사고가 많을수록 성공할 기회가 많다는 의미일 것이다.

까치의 경우 생활 전반에 걸쳐 등장하거나 좋은 면으로 기록되어 전하던 내용과는 달리 요즘은 전신주 등에 집을 지어 정전을 유발하거나 농작물에 피해를 준다고 하여 유해 조수로 지정된 것이 조금은 서글픈 생각이 든다.

한때는 길조로 많은 사랑을 받았는데 환경 변화와 주거 형태의 변화에 따라 흉조로 전락하여 포획 수당까지 지급한다니 격세지감이 든다.

가치는 시대와 상황에 따라, 기준이 변함에 따라 상승과 하강을 달리할 수도 있다고 본다. 사랑하는 만큼 아름다워지고 가슴을 여는 만큼 풍족해진다는 말처럼, 평범한 일상생활에서도 언제나 긍정적으로 생각하는 마인드를 갖고 생활하다 보면 남보다 나은 하루를 만들지 않을까?

한 송이 들꽃에서 천국을 보는 지혜를 찾아보자.

가을 하면 생각나는 단어

아침저녁으로 피부에 와 닿는 바람이 선선하게 느껴지는 이 가을! 가을이 되면 맨 먼저 떠오르는 단어가 무엇일까?

나이에 따라, 세대에 따라 또는 남녀에 따라, 직업에 따라 떠오르는 단어가 각양각색으로 표현되고 있다는 것을 알았다.

충북 괴산군 문광면 문광저수지 은행나무길

산수傘壽로 가는 길목에서 희망을 보다

어린아이들은 잠자리, 메뚜기, 귀뚜라미를, 꽃을 좋아하는 사람들은 국화나 코스모스를, 젊은 커플은 노오란 은행나무잎이 떨어진 가로수길에서 연애하던 시절이 생각나고, 미식가들은 입맛이 도는 전어구이가 떠오른다고 말한다.

감성이 풍부한 사람은 가을의 노래가 구수하다 못해 너무 애잔하게 들리고, 여행을 좋아하는 사람들은 갈대나 억새 숲 아니면 은행나무, 단풍나무, 온갖 나무들이 오색 물결로 춤추며 유혹하는 단풍이 제일이라 말하는 이도 있다. 또 초등학생 시절에 체험했던 가을 운동회나 소풍을 가장 많이 기억하는 사람도 있다.

직장인은 휴식이 필요해서인지 10월에 늘어선 연휴나 공휴일이 최고란다. 농부나 농업에 종사하는 분들은 풍성하게 익어가는 가을 들판이 너무 인상적이어서 보기만 해도 배가 부르다는 이도 있고 각종 과일이 탐스럽게 익어가는 것이 생각난다고 했다.

옛 시골집 뒷마당 감나무에 열린 노랗게 익은 감을 바라보면 먹는 즐거움보다 마음으로 느끼는 포근함과 풍요로움이 마음을 흠뻑 젖게 한다.

나도 가을이 오면 늘 나훈아 씨가 부른 이 노래가 먼저 생각난다.

"생각이 난다~ 홍시가 열리면 울 엄마가 생각이 난다~ 자장가 대신 젖가슴을 내어주던 울 엄마가 생각이 난다."

감이 주렁주렁 열려 가지가 처지도록 늘어진 광경을 바라볼 때면 이 노래가 저절로 흥얼거려진다.

그다음으로 사람들이 많이 생각난다는 단어가 가을 하면 '파란 하늘'이 떠오른다고 한다.

구름 한 점 없는 파란 하늘의 가을은 바라만 보아도 마음이 넉넉하고 기분이 상쾌하며 온 천하가 내 것인 양 마음의 부자가 된 것 같은 느낌이 든다. 아무것도 없는 빈 하늘은 차별 없는 평등과 치우침 없는 공평함만 펼쳐진 것 같아 포근하고 아늑한 평안만이 흐르는 느낌을 준다.

2019년 12월 제74차 유엔총회에서 "푸른 하늘을 위한 국제 맑은 공기의 날(Clean Air for ALL)"로 지정하는 결의안이 채택되어 대한민국이 제안해 지정된 첫 UN 공식 기념일이 되었는데 그날이 9월 7일이다.[25] 대기환경과 기후변화에 대한 전 지구인의 이해와 관심을 촉구하기 위해 제정한 날이라고 한다.

---

25   daum 백과사전

산수傘壽로 가는 길목에서 희망을 보다

그만큼 푸른 하늘의 소중함을 인식하고 맑은 공기의 중요성을 시사하는 내용이어서 우리뿐만 아니라 전 지구인 모두가 가슴에 새겨 실천해야 할 목표라고 생각된다. 왜냐하면, 이 순간의 작은 노력 하나하나가 우리 미래세대에 전해줄 유산이기 때문이다.

구름 한 점 없는 파란 하늘은 파란색 도화지처럼 맑고 순수하다. 내 마음속에 보고 싶은 사람, 그리운 사람 하나하나 꺼내 파란색 하늘 도화지에 그려보면서 대화도 하고 소통도 나눌 수 있기 때문이다.

온통 파란 하늘 산밑 저쪽에서 흰 구름 한 조각이 둥실둥실 떠가면 하고 싶은 말을 실어 그리운 사람에게 보내고 싶은 충동마저 느낀다. 끝 모를 허공을 향해 가슴 속에 뭉쳐있는 응어리를 소리쳐 "뻥" 터뜨리면 어느새 체중이 날아간 듯 시원하고 상쾌한 기분이 나를 살맛 나게 만들어주기도 한다.

가끔은 파란 하늘을 바라보고 가슴을 쫙 펴서 심호흡해 보는 것도 나름 멋과 여유를 만드는, 그래서 잠시나마 내가 세상의 주인인 것처럼 느낌을 받게 한다.

아! 파란 하늘이 이렇게 아름답고 예쁜 줄은 예전엔 미처 몰랐는데!

'파란색'을 한자식으로 표현하면 '청색'이고 '푸른색'은 '초록색'이라고 한다. 땅에서 위를 보면 초록색 바탕에서 하늘을 보니까 푸르게 보이고 하늘에서 지구로 비칠 때는 빛의 산란으로 파란색으로 보여 표현하는 것 같다.

바다는 낮에는 하늘의 색깔을 반사하기 때문에 푸른색으로 보인다. 맑게 갠 푸른 하늘은 하늘이 내려준 순수하고 영원하다는 긍정의 힘을 주므로 하늘색이라 부르기도 한다. 그래서 사람들은 가을의 파란 하늘을 두 번째로 좋아하는 단어로 기억하는 것 같다.

나이, 세대, 성별을 뛰어넘어 가장 많이 떠오른다는 가을을 대표하는 단어는 과연 무엇일까?

여러분은 무엇이라고 생각하는지?

나도 대부분 사람이 공통으로 생각하고 있다는 이 단어에 공감하면서 그렇게 대답할 수 있겠다는 생각이 들었다.

매년 음력 8월 15일(양력 9월 말에서 10월 초) 순우리말로 한가위라고 하며, 한은 '크다', 가위는 '가운데'라는 뜻으로 '8월의 한가운데에 있는 큰 날'이란 의미를 나타내고 있는 추석이란 단어가 맨 먼저 떠오른다고 하는 사람들이 가장 많았다고 한다.

추석은 한 해 동안 지은 햅쌀로 술을 빚고 송편을 만들어 차례상에 올리고 무사히 농사를 지을 수 있게 해 준 조상들께 감사드리는 날[26]이기도 하다.

정성껏 준비한 음식은 이웃들과 함께 나누어 먹으며 씨름, 소놀이, 거북놀이, 줄다리기, 강강술래 등 세시풍속과 민속놀이를 하며 즐겼다고 한다.

'더도 말고 덜도 말고 한가위만 같아라.'라는 말에서 풍성한 수확의 기쁨 속에서 나누는 베풂과 함께하는 즐거움이 내포된 우리 민족의 끈끈한 정과 어울림 정신이 이어오는 풍습이라서 더 정감이 가는 건 아닐까?

---

[26] 다음 백과사전

추석 때가 되면 대부분 사람이 고향으로 달려가는 진풍경이 벌어진다. 그동안 뵙지 못한 부모님과 친척 및 그리웠던 친구들, 동네 어르신들을 만난다는 들뜬 마음으로 차표를 예매하기 위해 지루함이나 불편함도 잊은 채 긴 줄을 서야 했던 추억도 있었다.

양손에 선물 꾸러미를 들고 고향으로 향하는 기대감과 그립고 보고 싶은 사람들을 만난다는 설렘으로 마음은 푸른 하늘만큼 부풀어 있던 때도 있었다.

달 중에서 가장 크고 밝은 달은 정월 대보름달이고 두 번째로 크고 밝은 아름다운 달은 8월 한가위에 뜨는 달이라고 한다. 사실은 똑같은 달인데 지구와 달의 거리 차이와 습도의 차이에 의한 밝음의 정도가 달라 크게 보일 뿐이다.

한가위가 다가오면 "둥글게 빛나는 보름달처럼 넉넉하고 소중한 한가위 보내시길 기원한다"는 인사말을 주고받으며 서로 덕담을 나누기도 한다.

쟁반같이 둥근달이 밤하늘에 휘영청 떠서 온 누리를 비추면 두 손 모아 비는 가슴마다 축복을 주고 희망과 기쁨으로 세상을 밝히니 마음만이라도 넉넉하게 살라는 뜻이 아닐까?

추석은 이렇게 명절다운 기분과 즐거움이 있어야 하는데 세월이 흐르고 시대가 변하고 세대가 바뀐 지금 중추절의 풍속은 달라도 너무 달리 변해갔다.

본디 추석 명절은 조상님을 모시는 효의 연장으로 조상님을 기억하고 우리의 전통과 문화를 이어가는 것이 본 취지였는데 시간이 흐르고 세월이 변하여 명절의 의미가 달라졌다. 시대가 변하여 명절의 가치도 다르고 세대가 바뀌면서 풍습의 의미마저도 조금씩 사라져 가고 있는 것 같다.

명절이란 어느 누군가에게는 가족 간 즐겁고 화목하게 보내는 날이 되지만, 다른 누군가에게는 그날은 불편하고 힘들어 생각만 해도 괴롭고 짜증스러운 날이 될 수도 있으므로 명절 증후군이란 마음의 병이 생겨나기도 했다.

명절을 맞이하는 즐거움보다 명절을 쇠는 동안 서로에게 주고받는 스트레스와 피로도의 증가로 고부간 갈등이나 장서갈등 및 자녀 간 다툼마저 벌어지는 기이한 명절로 변해갔다. 이 모든 것은 세대 간에 나타나는 가치관의 충돌로 빚어지는 것이 대부분이라고 한다.

대학을 졸업하고 취직 준비 중인 자녀에게 만날 때마다 "언제 취직하느냐?"라는 말은 당사자 가슴에 멍이 들게 하고 의욕을 잃게 만든다. 어느 집에서는 서른 중반이 넘은 아들, 딸에게 "결혼은 언제쯤 할 거냐"는 식의 농담 섞인 말이 중압감으로 다가와 자존심에 상처를 주기도 한다.

또 결혼한 부부가 명절날 시댁을 찾아갈 때마다 "손주는 언제 볼 수 있는 거야"라는 말이 부담으로 작용하여 고민과 걱정에 스트레스만 만들게 한다.

"너 아니어도 일할 사람 많아"라고 면박을 주는 상사 때문에 자존감 떨어지고 스트레스받는 아들에게 "이놈아, 넌 언제 승진하냐"라고 물어보며 "누구 아들은 벌써 과장되었다더라"라는 식의 비교는 자녀들의 가슴에 커다란 상처를 남긴다. 회사에 다니는 자녀가 직장에서 받는 스트레스나 업무 과중으로 힘들게 일하는 것도 모르고 한마디 하는 말이 의욕을 잃게 한다는 사실도 모른

산수傘壽로 가는 길목에서 희망을 보다

채 말이다.

즐거운 추석 명절을 가족과 함께 보내기 위해 찾아온 자녀들에게 좀 더 따뜻하고 격려되는 말로 위로하고 보듬어주는 한가위가 되었으면 좋겠다. 조금만 더 기다려주는 배려와 인내로 서로 신뢰하고 존중하는 문화가 뿌리내리면 더 좋겠다.

세대 간 문화의 차이와 가치관이 다름을 인정해 주는 것에서부터 화목과 믿음이 어우러져 더 즐거운 가족, 더 행복한 가정이 되었으면 정말 좋겠다.

우리의 민족 최대 명절인 중추절에는 우리 가정에서부터 가족 간의 화합과 소통을 통해 서로의 사랑을 확인하고 살맛 나는 우리 가정, 우리 사회를 더 굳건하게 만드는 날이 되기를 둥근달을 바라보며 소원을 빌고 밝은 달을 쳐다보면서 또 빌어 보고 싶다.

올 추석에는 힘들고 어려웠던 근심 걱정은 잠시 내려놓고 사랑하는 가족들과 마음껏 즐기며 웃음과 풍요로움이 가득하기를 한가위 보름달에 부탁하면서, 코로나-19로 만나지 못하는 분들께도 똑같은 의미와 똑같은 무게로 느끼는 한가위 보름달이 되었으면 좋겠다.

가을을 찾아 단양으로

서늘한 공기가 상큼한 아침이다. 더위 속에서도 세월은 어울렁 더울렁 잘도 흘러 어느새 가을 문턱까지 와 있다.

우리는 2023년의 가을을 찾아서 보고, 듣고, 느끼고, 즐기고, 그래서 자연과 함께 어울리기 위해 친구 승용차로 가을의 멋이 깃든 단양으로 향했다.

가는 도중에 보니 들판의 작물들은 절반이 수확이 끝났거나 막바지 작업이 이루어지고 있었고, 이제 푸르렀던 잎새나 나무들은 저마다 붉게, 노랗게, 주황이나 갈색으로 옷을 갈아입는 중간에 있었다.

길옆 고요한 산모퉁이에는 억새가 상큼한 바람을 맞고 은빛 머리카락을 날리며 우리를 반기는 듯 손짓해 주고 있고, 물가에는 방금 일어나 수줍은 듯 털부숭이 머리를 한 채 우리를 맞이하는 갈대의 모습에 가을의 맛과 멋을 알 수 있었다.

나도 모르게 가을의 평화로움과 풍성하고 아름다운 모습, 그리고 자연 속 한가함에 젖어 오늘 하루가 행복할 것 같은 좋은 기분

산수傘壽로 가는 길목에서 희망을 보다

도담삼봉 2023. 10. 24

이 마음에서 솟아나는 것을 느꼈다. 여행은 우리 인생에 활력과 비타민 같은 힘을 주는 원동력인 것은 확실하다.

이런저런 수다를 떨며 어느덧 첫 기착지 도담삼봉에 도착하였다. 그곳에는 꽤 이른 시간인데도 벌써 관광버스와 자가용들이 빈틈없이 주차장을 채워 주차할 곳을 찾느라 애를 먹었다.

주차한 후 남한강 상류에 세 개의 기암으로 이루어진 단양팔경 중 제일인 도담삼봉을 들러 보았다. 내 일생에 몇 번이고 와 보았지만, 볼 때마다 느끼는 감정이 다 다른 것은 왜일까?

퇴계 이황 선생님의 마음을 홀리게 한 그 명승지가 바로 이 도담삼봉이란다. 아침 피어나는 물안개가 흐르는 강물 가운데 우뚝 선 기암괴석과 물속에 비쳐 나타나는 삼봉의 멋지고 아름다운 형상에 표현할 말이 없다.

조선 시대 정도전이 이곳의 매력에 흠뻑 매료되어 중앙 봉에 정자를 짓고 가끔 찾아와 경치를 보며 풍월을 읊었다고 해서 더 유명한 곳인지도 모른다. 이곳을 잠깐 둘러보고 우리는 단양 보발재를 향해 달렸다.

보발재는 해발 540m로 가곡면 보발리와 영춘면 백자리를 잇는 고갯길에 있는 드라이브 명소로, 구불구불하고 굽이굽이 돌아가는 단풍길로 유명하다.

단양 보발재 가을 단풍 2023.10.24.

산수傘壽로 가는 길목에서 희망을 보다

온달산성 석축 모습

　이곳은 소백산 산세와 조화를 이루어 3km 도로변에 있는 단풍의 명소로서 전망대에 올라 굽이굽이 휘감아 돌면서 펼쳐진 가을 단풍은 한 폭의 수채화를 펼쳐 놓은 듯했다. 그야말로 자연이 아니면 만들 수 없는 울긋불긋한 풍경, 그리고 가을이 아니면 만날 수 없는 조화로밖에는 표현할 말이 없다.

　소백산 산세와 어우러져 물든 오색의 단풍은 보는 이에 "와~" 하는 감탄과 환호가 여기저기서 튀어나오게 했으니, 실로 절경은 이런 것인가 생각하였다.

　이곳 오색 단풍 구경을 마치고 우리는 온달산성과 동굴로 향했다. 온달장군의 애환이 서린 온달산성을 오르는데 데크로 만든 가파른 계단을 수없이 밟아야 했다. 50여 분 만에 426m의 정상에 있는 산성에 올랐다.

　고구려 평원왕(平原王)의 사위 온달이 신라군의 침입 때 이 성을

온달산성 안쪽 전경

쌓고 싸우다가 전사하였다는 전설이 있는 옛 석성(石城)이라고 한다. 성의 둘레는 683m로 짧지만 얇고 크기가 일정한 돌로 정교하게 쌓아 올려 만든 석축으로 많은 노력과 정성이 투여된 것으로 높이는 약 8~10m에 이른다고 한다.

성안에 들어와 보니 남한강 줄기가 시원하게 펼쳐있고 영춘면이 한눈에 보였다.

성안은 축구장 3개 정도의 넓이로 산 정상 부근은 거의 평지처럼 완만하고 안정감이 느껴졌다. 이곳은 그 당시 전투에서 전사한 군사들의 원혼이 서려 있는 곳이고, 평민인 바보 온달과 고구려 왕족인 평강공주의 꿋꿋한 사랑 이야기가 애잔하게 전해지는 곳이다. 시대적 설화만이 성안에 갇혀 관광객들의 가슴에 파고든다.

온달동굴의 배경과 역사를 뒤로하고 성을 내려와 온달동굴 근처에 있는 식당가에서 식사를 위해 맛집을 고르다가 간판에 적힌 음식 종류에 매료되어 이름도 확인하지 않고 어느 한 식당 안으로 들어갔다.

점심때가 한참 지난 후라 손님은 그리 많지 않아서 한산했다. 주인아주머니가 곤드레정식이 맛이 있고 손님들이 많이 먹고 간다기에 5명분을 시켰다. 향토 음식인 도토리묵에 동동주도 한잔 하면서 휴식의 참맛과 배고픔의 꿀맛을 맛보는 사이 주문했던 곤드레 정식이 나왔다.

식당 안에는 온달산성을 배경으로 한 영화 촬영 포스터와 배우들의 사진이 걸려있었다. 궁금해서 물었더니 자세히 설명해 주어 식당을 찾는 손님들께 또 하나의 볼거리가 되었다.

관광지를 다니다 보면 곤드레나물밥을 파는 식당을 쉽게 볼 수 있다. 술에 많이 취한 모습을 흔히 곤드레만드레라고 표현하는데, 이 음식을 먹으면 나물의 맛과 향에 취해 건들건들하는 모습이 마치 술에 취한 모습과 닮았다고 해서 '곤드레'라고 불렀다고도 한다.

곤드레나물이 바로 고려엉겅퀴의 다른 이름으로 엉겅퀴는 피를 멈추고 엉키게 한다고 해서 엉겅퀴라는데, 그만큼 약효가 좋으니 관광할 때마다 한 번씩 맛보면 건강에도 좋고 입맛을 돋우는 데도 좋을 것 같다는 생각이 든다.

늦은 점심을 먹고 내가 일일 총무라 계산하기 위해 계산대에 섰다. 오늘 먹은 음식대가 얼마냐고 물으니, 5만 4천 원이라기에 무심코 현금으로 결제하고 식당을 나와 다음 목적지로 이동했다.

구 단양으로 향해 사인암, 중선암, 상선암을 구경하면서 충주로 귀향해서 저녁을 먹으러 식당에 도착하자마자 그날의 결산을 하면서 중대한 실수가 발견되었다. 현금이 1만 오천 원이 남았다.

그날 경비를 거의 현금으로 사용해서 영수증 발급이 없는 곳도 있었다. 아까 점심시간 단양 온달산성 부근에서 점심시간에 식대로 낸 금액 중 만 오천 원이 덜 계산된 것을 알았다.

집에 도착하여 이런저런 생각에 잠이 오지 않았다. 하루 장사하면서 남는 것도 별로인데 밥값을 덜 받았다면 얼마나 상심할까? 3년여 동안 코로나로 인해 소상공인이나 음식점 같은 곳의 매상이 반토막이라는데 단돈 만 원이 아쉬운 시기가 아니던가.

계산 착오라는 것을 그 자리에서 알았으면 바로 지불해도 되는데 받는 사람이나 내는 사람 모두 계산에는 관심 밖의 일이었던 것 같다.

이제까지 살면서 남에게 금전적 손해나 해를 끼치지 않고 살아왔다는 초심을 지키고 싶은 것도 있고, 내 마음이 정직하게 살아야 한다는 어른들의 말씀을 듣고 자란터라 내 잘못이든 남의 잘못이든 바른 방향으로 가야 하며, 그런 떳떳한 마음(恒心)은 누구에게나 있을 거라는 믿음이 있다. 그 돈은 갚아야 한다는 다섯 초로의 마음이 그러하고 이제까지 바르게 산 삶의 가치에 허물이 되어서는 안 된다고 생각했다.

물론 살아오면서 원치 않게 또는 실수나 고의로 거짓말도 하면서 살아왔지만, 나이가 들면서 많은 깨달음을 통해 바르게 살아가야 함이 도리라는 것을 배워가는 것 같다.

산수傘壽로 가는 길목에서 희망을 보다

착오로 발생한 돈은 안 갚아도 된다는 생각이 정당하다고는 볼 수 없고, 착오를 인지했다면 할 수 있는 데까지 노력해서 정산하는 것이 사람의 본분이라고 생각했다.

현찰로 계산했을 때 항목별 가격이 표시된 영수증을 주었더라면 한 번쯤 읽어 볼 수도 있었을 것이며, 먹은 것에 비해 가격이 너무 낮았거나 많았다고 생각하면 물어볼 수도 있었을 것인데, 서로의 무관심 속에서 문제가 발생한 것으로 판단된다.

그리고 꼭 돌려드려야 한다고 생각한 결정적 이유는, 얼마 안 되는 금액이지만 우리가 간 뒤에 주인이 그 상황을 인지했다면 그 주인은 이렇게 생각하지 않았을까 하는 의구심이 자꾸 떠오른 것이다.

"노인들은 늙으니 추하게 변해가는구나!" 이렇게 생각한다면 그것이 우리가 70세가 넘은 모든 노인에게 욕을 먹이는 꼴이 되니 어떻게 해서라도 꼭 갚고 싶은 간절한 마음이 들었고, 모든 노인에게 작은 오점의 누(累)를 끼쳐서는 안 된다는 생각이 들었다.

사실은 그렇게 생각하지 않을 수도 있는데 내가 너무 앞서 나간 것이 아닌가 하는 생각도 들었다. 그래서 그 식당을 찾아서 송금을 해주려고 했지만, 식당 이름도 모르고 카드로 결제하지 않았기 때문에 영수증도 없어 난감하던 차에 그다음 날 인터넷으로 단양 온달산성 주변 식당을 로드뷰로 검색해 보았다.

한 식당이 어렴풋이 맞는 것 같아 전화로 통화를 해보니 아니었다. 친구들에게도 물어봤지만, 식당 이름을 기억하는 사람은 없었다. 그중 한 친구가 인터넷 검색을 하더니 온달 00식당이란 이름을 기억해 냈다.

다시 전화를 걸어 주인 여자 사장님과 통화가 이루어졌다. 점심시간이 한참 지난 한가한 시간을 이용하여 그저께 5명의 노인이 그 식당에서 점심을 먹었는데 그 식당이 맞는지 확인하고자 한다고 했더니 "왜 그러느냐"고 물었다.

나는 식당 주인의 목소리가 얼추 맞는 것 같아 사장님께서 우리에게 연개소문 촬영한 여자배우와 찍은 사진을 설명해 주신 분이 아니냐고 했더니 맞는다고 한다.

전화를 드린 전후 사정을 말씀드리고 식대를 덜 주고 왔다고 했고 그날 도토리묵값을 빼놓고 계산한 것 같아서 계좌번호를 알려주면 보내드린다고 하였더니, 본인도 깜박 잊었다고 하면서 정말 고맙다고 연실 말씀하면서 어쩐지 노인분들이 점잖고, 인상이 참 좋았다고 하셨다. 잠시 후 메일로 계좌번호가 와서 바로 만 오천 원을 입금하고 확인 후 다시 감사하다는 문자를 받았다.

아마도 그분은 만 오천 원의 돈을 받아서가 아니라 우리가 드리려고 애쓴 노력에 더 감사하고 고마웠을 것이라는 생각이 들었다.

송금하고 나니 머릿속에 맴돌던 불편한 생각, 마치 오염에 물든 것 같은 기분이 확 사라져 다시 상큼한 가을의 향기와 정취가 가득 채워지는 것 같았다. 방 안 공기가 탁할 때 창문을 열고 시원하게 환기하고 나면 기분이 맑아지는 것 같은 느낌이었다.

착한 성품을 가진 나의 친구 4명과 함께 다녀온 가을 여행이 아름답게 영글고 예쁜 우정으로 온달산성만큼 단단하게 쌓여 갈 것이다. 우리들의 바른 생각과 행동을 여기에 남겨두고 왔으니 오늘 여행이 더욱 빛나고 한층 더 성숙해진 모습에 우리들의 늙

산수傘壽로 가는 길목에서 희망을 보다

음도 잘 익어갈 것으로 생각했다.

　양심은 우리에게 진실과 미덕을 알려주는 나침반이라는 말이
생각났다.

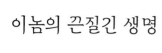

이놈의 끈질긴 생명

들판이나 밭고랑, 논둑 아니 흙이 존재하는 땅 위 어디든지 존재하는 놈이 하나 있다.

사람이 기르는 채소나 작물은 온갖 정성과 노력을 기울여 키우지만, 마음먹은 대로 자라주거나 바라는 만큼 키우기가 쉽지는 않다.

씨를 뿌리고 자라나면서 잡초가 나면 뽑아주고 가물이 들면 물도 주고 양분이 부족하면 비료나 퇴비 같은 양분 공급도 해주고, 병충해가 발생하면 소독도 하며 자식처럼 돌보고 보살피며 가꾸는 일련의 과정을 거쳐 싱싱하고 먹음직스러운 결과물들이 피고, 열리고, 달리고, 자라난 것을 볼 때 내가 기른 결과물을 신선하게 먹을 수 있다는 즐거움과 기쁨에 마음이 설렐 때도 있다.

그런데 작물을 키우다 보면 이들 사이에서 하나둘 얼굴을 내미는 잡초들이 여기저기 생겨나 뽑아도 뽑아도 없어지지 않는다. 그들만의 생존 경주를 바라보는 농부의 마음에 한숨만 짓게 하고 땀방울이 이마 깊은 계곡을 따라 흐를 때는 자신도 모르게 뽑

산수傘壽로 가는 길목에서 희망을 보다

은 잡초를 패대기칠 때도 있다.

이놈은 잘 뽑히지도 않고 생명력도 강해 웬만하면 다시 살아나는 악착같은 근성을 가진 놈이기에 뽑으면 또 나고 뽑아놓은 것도 다시 살아나고 정말 질긴 놈이라 어떤 놈인가 인터넷을 찾아봤다. 그런데 농부에게는 나쁜 놈이지만 인간에게는 여러 가지 민간요법의 약초로 사용되고 있음을 알게 되었다.

이놈은 매우 영특하여 주변에 자기를 방해하는 잡초가 별로 없으면 위로 성장하고 훼방꾼이 많으면 잡초 사이를 비집고 옆으로 기어들어 가 넓은 공간을 확보하여 번식 활동을 왕성하게 하고, 다른 식물이나 잡초들의 성장을 억제 또는 방해하는 역할도 하여 그 지역에 우점종으로 자라 터를 잡곤 한다.

또한, 잎과 줄기에 수분이 많아 가물어도 말라 죽지 않는 근성도 있고 뿌리를 뽑아 끈으로 묶어 공중에 매달아 놓아도 한 달은 족히 버티는 힘도 가지고 있다.

어릴 적에 이놈의 가지를 꺾어 눈 위쪽과 아래쪽에 반달 모양으로 눈꺼풀을 고여 왕눈을 만드는 놀이도 한 적이 있었기에 내 기억에 안경풀이라는 이름으로 소환되기도 했다.

이놈은 태양의 정기를 온몸으로 흠뻑 받으며 자란 약초라 하여 그 안에 다섯 가지 색깔을 갖고 있어 오행초라고도 전해진다. 생명력이 억세고 기운이 충만해서 오메가3이라는 필수지방산을 많이 함유한 사실도 알려져 항간에 명성을 얻어서 고급 약초로 신분 상승도 한 적이 있다.

이놈을 반찬 나물로 해서 먹으면 오래 산다고 하여 장명채(長命菜)란 이름도 있고, 또 늙어도 머리카락이 하얘지지 않는다고도 하여 장수 불로초란 별명도 얻은 것 같다.

오죽하면 토끼나 소도 좋아하지 않는 풀, 뿌리째 캐 버려도 시들시들한 척하다가 비만 내리면 팔팔하게 살아나는 얄밉고도 징그럽게 생긴 풀!

잡초를 뽑고 나서 뒤돌아보면 다시 자라나 '나 잡아 봐라' 하면서 농부를 조롱하듯 생명력을 이어가는 끈질긴 이놈!

작고 여려 보이지만 강한 힘을 가진 이놈!

번식력이 강하고 생명력이 질긴 이놈!

이놈을 제거하기 위해 많은 에너지를 쏟고 시간을 낭비해야 하고 그래서 귀찮고 성가신 잡초임은 틀림없지만, 다른 누군가에게는 병을 고치는 약초가 되어 자란다.

이놈에 대한 재미있는 전설도 내려오고 있다.[27]

옛날 어느 마을에 민며느리로 들어간 어린 신부는 큰동서와 시어머니로부터 몹시 심한 구박을 받았다고 한다. 그러던 중 유행병 이질에 걸려 밭둑 움막으로 쫓겨났다가 이놈을 먹고 나았다고 한다. 그러는 사이 구박하던 큰동서와 시어머니는 이질로 죽었고, 잘 대해 주던 둘째 동서는 이놈으로 살렸다고 한다.

하찮은 들풀이라 하여 누구도 눈길조차 잘 주지 않던 이놈이 바로 '쇠비름'이란 이름으로 세상을 흔들고 농부를 귀찮게 하는 놈이다.

아무튼, 질긴 놈이 이긴다는 말처럼, 우리 삶 속에도 끈기 있고 우직한 성격의 사람이 성공하는 사례가 많이 있다. 이 쇠비름과

---

27 다음 백과사전(쇠비름)

같은 끈질긴 근성을 갖고 열심히 살다 보면 언젠가 좋은 날도 오 겠지.

험준한 바위나 척박한 사막 한가운데서도 잡초는 뿌리를 내리 고 살려는 근성이 있듯이 환경이 열악하고 형편이 나빠서 아무 것도 없다고 자책하거나 포기하지 말고 단비를 만나면 팔팔하게 살아나는 쇠비름처럼 우리에게도 단비가 내리는 기회는 오지 않 을까?

질긴 생명력을 관찰하기 위해 달아놓은 쇠비름

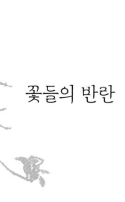

꽃들의 반란

지구상에 없어서는 안 될 아주 중요한 식물!

엽록소를 가지고 있어서 광합성을 통해 영양분과 산소를 만들어 지구 생명체에게 공급해 주고 대기 중 이산화탄소를 흡수하여 온실효과 감소에도 큰 역할을 담당하는 식물!

또한, 녹색식물은 사람의 마음과 몸을 평온하게 해주고 각종 면역력과 저항력을 키워 건강에 도움을 주는 물질도 만들어낸다고 한다.

그런데 이 녹색식물이 성장하면서 꽃을 피워내 아름답고, 예쁘고, 향기가 독특한 색조 있는 꽃들을 피우게 하는 놀라운 조화를 우리는 늘 보면서 기뻐했으며, 감탄하고, 한없이 경이로운 현상에 매료됐다.

하지만 똑같은 녹색식물에서 여러 가지의 색깔들 빨강, 파랑, 노랑, 주황, 검정, 흰색, 보라색을 가진 꽃들이 어떻게 다양하게 색깔을 만들어내는지에 대한 호기심은 예나 지금이나 변함없이 늘 궁금했다. 자연이 빚어낸 신기한 조화와 그 경이로움에 무한

　　　　　산수傘壽로 가는 길목에서 희망을 보다

의 감탄을 느낄 뿐이다.

　꽃은 남녀노소를 막론하고 청춘, 화려함, 아름다움, 기쁨, 즐거움, 사랑 등의 의미를 가지고 통용되는 만국의 언어이기도 하다.

　수없이 많은 꽃 모양이 다양하고 꽃 색깔이 가지각색이다 보니 그것을 보고 우리는 형형색색이라는 단어로 표현하기도 한다.

　꽃을 싫어하는 사람이 어디 있더냐?

　혹시 있다면 그것은 사람으로서 감정이 메말랐거나 감각이 무디거나 마음속 생각 주머니가 없기 때문은 아닐까? 꽃을 보고 어찌 '아름답고 예쁘다'라고 느끼지 않는 사람이 어디 있을까?

　꽃이 아름답고 예쁜 것에는 많은 이유가 있겠지만, 바라보는 주체가 사람이다 보니 생각과 느낌이 다양하고, 감정표현의 능력과 기교가 빼어난 언어나 말을 사용하기 때문일 것이다.

　꽃의 모양과 색깔이 다양하고 생김새가 저마다 특성이 있어 티내지 않고 가만가만 피어나 아름다움과 고운 향기를 전해주는 겸손함에 더 매력을 느끼는지도 모른다.

강애경 시인은 꽃이 아름다운 또 다른 이유는 색깔이 서로 달라도 시기하지 않고 모습이 달라도 화를 내지 않으며, 모여 있어도 다투지 않고, 함께 있어도 불평하지 않는다고 표현했다.

이 자연의 신비가 한없이 경이롭고 순리에 따라 피고 지는 오묘한 이치를 그 누가 알겠느냐만 그저 자연에 감탄할 따름이다.

사람들은 예로부터 꽃을 보고 그 꽃을 연상하거나 상기하기 위해 꽃을 상징하는 꽃말이라는 것을 만들어 사용해 왔다. 지구상의 모든 꽃은 자연에 태어나 꽃을 피울 때 이름을 갖고 피고 진 것은 아니며 사람이 꽃의 색상이나 모양, 형태에 따라 인위적으로 붙여 사용했기 때문에 그 꽃과는 아무런 연관성이 없을 수도 있다.

또 꽃의 입장에서 볼 때, 좋은 내용의 꽃말이면 해당 꽃은 영원히 기쁘고 감사하겠지만, 좋지 않은 의미로 사용되는 꽃말을 갖게 된 꽃은 필 때마다 기분이 상하고 불쾌할지도 모른다.

사람도 성장하면서 이름을 가지고 있지만, 그 사람의 특징과 성격, 행동, 버릇 등을 살피고 그에 따른 별명을 만들어 부르기도 한다. 별명으로 조롱하거나 비아냥거리거나, 업신여기며 무시하는 풍조가 널리 퍼져 있다. 별명이라도 좋은 뜻으로 부르면 괜찮지만, 좋은 의미가 아니라면 들을 때마다 기분 상하고 언짢은 표정을 지을 것이 분명하다.

예를 들어 꽃 중의 꽃으로 화왕이라 불리는 모란은 부귀, 성실을 상징한다고 한다. 그런데 같은 꽃인데도 색깔에 따라 흰색 모란은 '당신은 스스로 조심해야 합니다'라는 뚱딴지같은 꽃말이 따라붙고, 빨강 모란은 '나를 믿어 주세요'라는 뜻이 있다고 한다. 왜 이런 꽃말이 생겨났을까? 어떻게 같은 꽃인데 색깔이 다르다 하여 다른 의미를 붙여 지금껏 사용하고 있을까? 그것이 옳지 않은 것이라면 수십 년 수백 년 이어오는 동안 수정되고 바로잡아야 했을 것이다. 그런데 세월이 흐르는 동안 고쳐지고 바뀐 것은 없는 것 같다. 그렇다고 모란이 사람들에게 기분 나쁘거나 언짢은 표정의 꽃으로 바뀌어 피지는 않았다.

한번 정해져 붙여진 꽃말은 그 꽃과 어울리지 않는 의미의 내용일지라도, 아무 불평 없이 제모습을 간직한 채 수많은 세월을 견디면서 피고 지고를 반복하며 자연 속에서 머물다가 자연 속으로 사라져 갈 뿐이다.

다음 해 봄이 되면 아름답고 예쁜 꽃을 피울 희망으로 엄동설한의 혹한의 시기를 땅속에서 꿈을 키우며 잠자고 있었을 것이다.

꽃의 색은 왜 다를까?

첫째는 꽃마다 색깔이 다른 것은 대를 이어가며 정해진 유전자에 보관된 지령에 따라 이루어진다고 한다.

유전자 중 색깔에 관여하는 효소가 색소 유전자인데 이것이 바로 엽록소라 불리는 것이다. 초록색을 관장하는 클로로필, 노란색의 카르티노이드, 기타 색을 만들어내는 안토시아닌이 그것이다.[28] 이들은 토양의 산성도와 빛의 양, 그리고 온도에 따라 영향을 받아 다양한 색을 만들어낼 수 있다고 한다.

둘째는 생식에 관한 것이라고 한다. 자신의 2세를 퍼뜨려줄 벌

---

28 꽃의 색깔 이야기

과 나비 같은 곤충들을 불러들이기 위해 저마다의 꽃 모양과 색깔 그리고 향기를 내뿜어야 다양한 곤충들을 유혹할 수 있기 때문인데, 그 경쟁에서 이기기 위한 지혜를 발휘하는 것이 꽃의 색이라고 한다.

이렇게 자연적으로 생성되고 그들만의 유전자로 피어난 꽃의 색깔을 보고 사람들은 색깔에 따른 그들만의 생각으로 온갖 의미를 부여하여 사용하고 있다.

또 다른 예를 보자면 장미꽃도 색깔에 따라 상징하는 의미가 서로 대조적인 것을 알 수 있다.

노란색 장미꽃은 영원한 사랑, 우정, 성취 등 긍정적인 의미로 사용되지만, 때에 따라 질투, 시기, 부정 등의 부정적 의미로도 표현되고 있는 것 같다.

빨간색 장미꽃은 열렬한 사랑, 기쁨, 열정, 아름다움 등 이런 의미로 사용되고 흰색 장미는 존경, 순결, 순진, 매력이라나 뭐라나….

분홍 장미는 맹세, 단순, 행복한 사랑, 파란 장미는 불가능, 주황색 장미는 수줍음, 고백이란 의미를 가지고 결혼식, 생일, 회갑, 입학, 졸업, 개업 등 각종 행사에 불티나게 팔려나간다. 이런저런 의미를 부여하여 주면서 기쁘고, 받아서 행복해하는 상술의 일환이 아닐까?

아무튼, 꽃은 누구나 좋아하고 예뻐하는 것만은 아니고 모든 이들로부터 사랑받고 대접받는 것도 아니다.

사람은 꽃들이 화려하고 예쁘고 향기가 있어야만 관심을 가지고 바라보지만, 새나 곤충들은 볼품없고 예쁘지 않은 꽃에도 열심히 먹이 활동과 동시에 수정을 도와 자연의 법칙에 순응하며 살아가도록 도와준다. 어찌 보면 인간보다 더 중요한 사명을 수행하고 있다는 것이다.

그래서 식물들도 누군가에게 잘 보이고 싶은 욕망에 더 예쁘고 더 아름답게 피기 위해 계절마다 꽃 색깔을 바꾸어가며 자신만의 개성을 표현하고 싶은 것인지도 모른다.

색깔에 따라 여러 가지 의미를 부여하여 꽃말을 만들고 사용하는 사람들의 생활 문화 속에서 상반되는 모순을 가지고 활용하는 예도 있다.

예를 들면 흰색 국화는 순결, 존경, 진실의 의미를 나타내 사자의 영령 앞에 헌화하는 꽃으로 사용되다가, 세월이 흘러 성묘하러 갈 때는 온갖 색상의 꽃다발을 들고 가는데 아이러니하다고 생각된다.

화려한 색상의 꽃은 모두 좋아하면서 검은색 꽃은 별로로 생각하는 의미는 무엇에 기인하는가? 개인의 취향 또는 국가마다 국민성과도 관계가 있는 것 같다.

중국에서는 빨간색이 길함, 기쁨의 표현이라는 뜻이므로 매우 좋아하고 녹색이나 흰색은 별로 좋아하지 않는 경향이 있다고 한다.

우리나라에서는 축의금이나 조의금 모두 흰색 봉투에 넣어 주지만, 중국에서는 조의금만 흰색 봉투를 사용하고 결혼 축의금은 붉은색 봉투를 사용한다고 하니 색깔에 따른 의미와 용도도 다양한 것을 알 수 있다.

그럼, 장례식의 상복은 왜 흰색 아니면 검은색일까? 흰색은 위의 예와 같이 순결과 존경의 의미를 담아 그렇다고 치고 검은색은 무슨 이유일까? 검은색은 생명의 끝 즉 돌아가신 분을 지칭하는 의미로 관습처럼 이어온 것으로 보인다.

검은색 상복은 죽은 사람을 애도하는 뜻도 있지만, 검은색은 죽은 영혼이 알아보지 못해 산 사람에게 달라붙지 않는다고 믿어 두려움을 없애기 위한 것이라고 한다.

사람이 죽을 때 동행해 주는 저승사자도 검은색 옷을 입는 것을 드라마나 전설 속 이야기에 자주 등장하곤 한다.

검은색 꽃을 좋아하는 사람은 몇 명이나 될까? 상대방에게 주는 꽃다발 속에는 검은색 꽃은 별로 보지 못했다. 검은색 꽃은 슬픔을 나타내기 때문이다.

똑같은 꽃으로 보면 될 것을 사람들이 만든 꽃말이나 인식의 차이 때문에, 꽃다발이란 집단에서 차별받는 것은 아닌지 생각해 봐야 할 일이다.

꿈속에서도 검은색 옷을 입는 꿈은 불길한 징조가 느껴진다고 한다. 검은색 옷을 입고 다닐 때는 거부감 없이 입고 생활하는 모습도 종종 있다.

일반적인 관점에서 보면 흰 피부에 검은색 옷을 입으면 더 아름답고 관능적인 멋이 풍겨 품위가 있고 우아하고 겸손하게 보이는 경향도 볼 수 있다.

앞으로는 자연에 피는 꽃들에 인간이 꽃말이라는 미명을 붙여 사용한 용어에 너무 얽매이지 말고, 꽃에서 풍기는 자연의 아름다움과 향기에 감사함을 느껴야겠다. 우리도 같은 자연 속 일원으로서 함께 공존하며 가꾸고 보살피는 자세를 가져야 할 것 같다.

한 송이 꽃을 피우기 위해 식물은 한겨울의 매서운 눈바람과 혹한의 추위를 견디고 온갖 시련과 난관을 이겨내며 마침내 예쁜 꽃을 피워낸 것이기에 더 아름답고 멋진 꽃이 되었노라고 그들은 외치는 것 같다.

이제는 있는 그대로 보아주고 자연의 향기 그대로 마시며 누군가에게 한 송이 꽃을 선물하는 마음을 가져보는 것이 어떨까?

당신이 선물한 꽃 한 송이가 마음을 정화하고 스트레스를 감소시켜 누군가의 마음속에 사랑의 꽃으로 다시 피어나게 할지 누가 알겠는가?

입원한 환자에게 꽃을 선물했을 때 훨씬 회복 속도가 빠르고 마음 치유의 효과가 크다는 것이 입증되었다고 하니 자연의 놀라운 힘의 한계는 어디까지일까?

꽃은 바라보는 사람의 마음에 따라 예쁘게, 곱게, 아름답게, 화려하게 등등 여러 형태의 빛깔로 변화되어 보여주기도 한다. 꽃은 종류와 관계없이 아름답지만, 그 조화(造化)를 창조하는 자연은 더 위대했다.

길가에 수줍게 핀 이름 모를 꽃들이 나를 보고 '한번 피었다 지는 삶이니 웃으며 살라고' 살짝 귀띔해 주고 바람과 함께 일렁이는 모습이 마치 춤을 추고 있는 듯 보였다.

어쩌면 작은 꽃 한 송이가 우리에게 소중할 때도 있다는 것을 알려주는 듯하다.

꽃은 별로인데 열매는 매혹적

시골길을 가다 보면 밭두렁이나 들판에 널려 있기도 하고 돌로 정겹게 쌓아놓은 담벼락을 따라 기어가고 때로는 지붕 위까지 뻗어 올라가는 이 꽃.

민가 가까운 곳에서 피는 꽃이라 그런지 시골 냄새가 흠씬 풍겨 여기가 시골인가를 알려주며 여기저기서 지나가는 손님을 반기듯 노란 얼굴을 내민다.

한 그루에 암꽃과 수꽃이 함께 피는 단성화로 덩굴은 땅 위로 길게 뻗으며 덩굴손으로 다른 물체를 감아 올라간다. 활짝 핀 노란 꽃은 사람 손바닥만 한 크기로 아침에 싱싱하게 만개하여 보는 이에게도 상큼한 느낌을 주지만 먹이 활동을 하는 곤충들에게도 신선한 양식을 제공해 준다.

우리가 사는 세상에는 아름답고, 예쁘고, 향기로운 꽃들이 무수히 많지만, 이 꽃을 좋아하는 사람은 별로 보지 못했다.

꽃은 모두 아름답지만, 모두 사랑받는 것은 아니다. 사람에게 선택받아 사랑받고 즐거움을 느끼며 행복감을 느끼는 꽃은 우아

산수傘壽로 가는 길목에서 희망을 보다

하게 폈다가 지겠지만, 눈길 한번 받지 못하고 피었다 지는 꽃도 무수히 많다.

세상 사람들이 좋아하는 다알리아, 금낭화, 튤립, 장미, 양귀비처럼 화려하게 피는 꽃은 아름답고 예뻐서 사람의 시선을 한꺼번에 사로잡는 매력은 있지만, 지고 난 후 열매가 작고 특이한 성분 때문에 우리 식단을 장식하는 데는 별 도움이 안 된다.

아카시아, 라일락, 국화, 천리향, 라벤더 등은 향기가 있어 그 향기를 맡으면 그윽한 향이 혈관을 타고 온몸을 돌아 마음을 편안하게 하고 정신을 맑게 해주는 청량제로 힐링에 도움을 주기도 한다.

이렇게 색상이 아름답고 향기가 물씬 풍기는 꽃은 사람이 선호하지만, 색상도 볼품 없고, 향기도 없는 꽃은 사람들에게는 인기가 없다. 하지만 그 깊숙한 곳에 달콤한 꿀을 간직하고 꽃가루가 많아 벌이나 나비와 같은 곤충들에게 화려하게 대접받는 꽃이다.

그러나 이 꽃을 아름답다고 화병에 꽂아 집안에 두고 보는 사람도 없거니와 각종 행사나 축하 자리에 등장하는 화환이나 꽃다발 속에서도 찾아볼 수 없다.

화려하지도 않고 뽐내지도 않으며 누가 뭐라 해도 내 갈 길 간다는 의지 하나로 좌우 동서 어느 방향이든 타고 갈 물체만 있으면 갈고리(덩굴손)를 걸어 담도 넘고 나무도 타고 다른 작물도 헤치며 용감하게 나아간다.

성장 속도도 매우 빨라 하루에 10㎝ 이상 크며 자라는 환경은 그다지 따지지 않지만 정성껏 돌보지 않아도 스스로 잘 커 간다.

이 식물이 피운 꽃을 보고 사람들은 이렇게 말한다.

"너도 꽃이냐"라고.

이상하게 생긴 데다 꽃마저 못생겨서 못생긴 사람을 비하하는 말로 쓰이기도 한다. 잘생기고 못생긴 것의 정의는 인간이 만든 기준이지 이 꽃이 만든 것은 아니라는 항변도 하지 않는다.

한세월 못난이의 대명사로 불리지만 걸작품을 만들기 위해 뜨거운 여름내 땀 흘리고 인내하며 노력한 결과 가을 들판이나 지붕 위를 탐스럽고 누렇게 장식한 게 바로 이것이다.

이것은 세계에서 가장 큰 열매를 맺는 식물인데, 그 열매의 몸무게가 약 1.1t이 넘는 것도 있다고 한다. 이 꽃의 열매가 12kg이나 나가는 것도 수확해 봤다.

노랗게 꽃필 때는 눈길 한번 안 주더니, 열매가 누렇게 익으니 너도나도 모두 다 좋아한다고 말들을 한다.

성격이 모가 나지 않고 둥글둥글한 데다가 정겹고 믿음직하게 생겨 모두가 좋아한다. 그래서 꽃말이 관대함 또는 포용으로 정해 부르고 있나 보다.

어느 날 아침 환하게 웃고 있는 이 꽃을 바라보고 있노라면 어느 꽃보다도 넉넉하고 포근한 마음에 작은 미소가 절로 지어진다.

이것의 젊은 열매도 인기가 많다. 칼국수 위에서 고명으로 얹어지면 멋이 돋보이고, 한국인의 구수한 된장찌개에도 이 열매가 빠지면 맛의 존재 자체가 성립되지 않는다. 그것뿐이 아니다. 이 열매를 채 썰어 부침개 부쳐서 막걸리 한잔 나누면 그 맛이 그냥 죽여주지!

이게 한국인의 정과 얼을 이어주는 정겹고 인정 넘치는 서민의 대표 간식 "나는 Bindaetuk(빈대떡)이야!"

궂은 날 막걸리와 함께 먹으면 더더욱 맛이 좋다. 막걸리 한잔 쭉~들이키고 나서 빈대떡 한 조각 간장에 찍어 입에 넣는 순간, 세상이 다 내 것인 양 행복하고 인생 사는 맛이 이런 것이구나 하는 즐거움에 오늘 하루의 피로가 싹 사라지는 마법 같은 꿀맛도 느껴본다.

늙고 둥근 노란빛의 열매를 죽으로 만들어 먹으면 구수하고 단맛이 있어서 죽은 입맛이 되살아난다고 한다. 단맛이 나고 '맛'과 '향기'가 좋아 엿의 재료로도 사용되며, 이름하여 그 유명한 울릉도 "○○엿". 이거 안 먹어 본 사람은 아마 한국에는 없을 것이다.

그리고 이것을 달인 물로 즙을 내어 매일 마시면 건강에도 좋고 미용에도 좋다고 한다. 이 열매의 씨는 견과류로 볶아서도

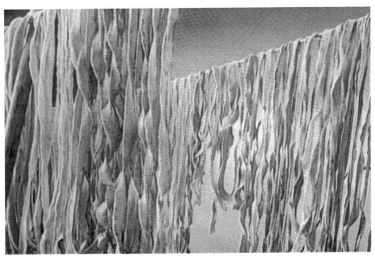

햇볕과 바람에 건조되어 가는 고지

꽃은 별로인데 열매는 매혹적

먹고 생으로도 먹을 수 있어 건강 증진에 최고라고 엄지 척도 하지.

늙어버린 것이 아니라 농익은 이것을 얇게 빙빙 돌려가며 썰어 빨랫줄이나 지붕 추녀 끝에 엮어 매달아 두면 가을의 향기가 뿜 어내는 시골 맛을 물씬 느끼게 해준다.

햇볕과 바람에 마르면서 암 예방효과가 높다는 고지가 만들어 지고, 이것으로 떡도 만들어 먹으면 맛있고 영양 만점이지. 쓰임 새가 하도 많아 죄다 열거할 수가 없다. 이렇게 다용도로 활용되 다 보니 인기가 최고야 최고! 짱!

우리나라에서는 뜻밖에 좋은 일이 생기거나 횡재를 만나게 되 면 사람들은 흔히, 이것이 넝쿨째 굴러들어 온다고 한다. 경사에 복이 겹치고 복에 경사가 겹칠 때, 즉 복이 줄줄이 들어온다는 뜻 이 담겨 있다.

꿈속에서도 지붕 위에 노랗게 핀 이것을 보면 집안에 경사스러 운 일이 있고 부귀영화를 누리게 된다는 속설도 있다. 하여튼 이 것이 등장하지 않으면 만사형통에 지장이 있는 것 같다니까! 그

러므로 세상에 이것이 꼭 존재해야 하고, 존재하여야만 하는 이유이다. 앞으로 많이 이용하고 좋게 봐주면 어떨까!

꽃으로 필 때면 온갖 조롱과 멸시를 당하면서도 마지막에는 내 모든 것을 바쳐 헌신하고 사랑을 베풀지.

움켜쥐고 있는 행복은 나만 즐겁지만, 나누는 행복은 모든 이에게 향기 같은 행복을 선사하는 것이라고 한다.

세상에서 가장 값진 것은 사랑을 나눌 줄 알고 베풀 줄 아는 넉넉한 마음이 아닌가 하는 생각이 든다.

이제껏 내 입맛을 멋과 맛으로 장식해 준 너에게 고맙고 감사한 마음을 전한다.

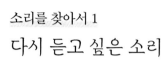

소리를 찾아서 1
다시 듣고 싶은 소리

1960년대 초반 내가 초등학교 다닐 적에 먹을 것이 부족하여 긴긴 겨울밤엔 쉽게 배가 고파왔다. 찬 바람이 불고 흰 눈 날리는 저녁 10시쯤이면 어김없이 '찹싸~알 떡 사~려, 메미~일 묵 사~려!'를 외치며 동네 골목을 쏘다니던 묵 장수 아저씨의 구성지고 가슴 시린 소리가 골목 어귀에서 아련하게 들려왔다.

지금은 대부분 집이 아파트, 빌라, 다가구, 고급 주택들이 들어서 구수하고 정겨운 메밀묵 장수의 외침은 들을 수는 없지만, 그때의 그 모습 그 소리는 이제 기억 속에서만 존재하는 정겨운 추억이 되었다. 가끔은 중심이 훨씬 지난 이 나이에 잠자리에 누우면 어릴 적 생각에 소리가 은은하게 들려오는 것 같다.

나이가 들면 어릴 적 시절로 회귀하는 본능이 작동해서일까! 먹고 일어서면 금방 배가 꺼진다는 말처럼, 돌아서면 다시 배가 고파지는 보릿고개 시절의 이야기 "아이야, 뛰지 마라. 배 꺼질라" "주린 배 잡고 물 한 바가지 배 채우시던 그 시절"에 먹은 것도 적은데 아이들이 뛰어다니면 쉽게 배가 꺼져 배가 고플까 염

산수傘壽로 가는 길목에서 희망을 보다

려하여 뛰지 못하게 한 가슴 아픈 사연이 깃든 진성 씨의 노래 가사의 일부이다.

먹을 것이 풍족한 지금에 와서 그 옛날의 정겨운 소리를 찾아 회고하니 더욱 그리워지고 다시 듣고 싶은 심정에 '참싸~알 떡, 메미~일 묵 사~려!' 하고 혼자 살짝 외쳐보며 그 시절로 돌아간 느낌을 맛본다.

그때의 찹쌀떡 맛은 지금의 찹쌀떡에 비하면 맛과 영양에서 훨씬 뒤지지만, 배고팠던 그 시절에 먹은 맛은 꿀맛보다 좋고 아이스크림보다 더 달콤하고 신선해 그 시절 간식으로 최고였다는 생각이 든다.

또한, 메밀묵은 할머니나 어머니가 양념과 김치를 썰어 넣고 손으로 무쳐놓은 것을 온 가족이 둘러앉아 먹으면 정말로 구수하고 정겨운 손맛이 배어 아직도 그때의 메밀묵 맛이 그리울 때가 종종 있다.

메밀과 찹쌀은 겨울이 제철이었고, 특히 찹쌀떡과 메밀묵은 소화가 잘되고 포만감을 줘 겨울밤 간식으로 적당했기 때문이라는 견해도 있다. 이제는 세월과 함께 흘러간 추억 속 박물관에 저장된 기억으로 남아있다.

왜 지금은 등짐 메밀묵 장수가 없을까? 지금은 밤 10시 이후에 소리 지르고 다니면 소음공해로 오해를 받거나 소리쳐봐도 높은 아파트 내부까지 들릴 리가 없다.

지금은 먹고 싶은 것이 있으면 배달의 민족, 요기요, 쿠팡이츠, 배달통 등에 시키면 금방 달려오는 문화가 생겨 편리하고, 입맛에 맞은 음식을 마음대로 선택해서 시켜 먹을 수 있는 초스피드

시대에 살고 있기 때문이다.

들어보지 못한 신세대나 그 옛날을 동경하는 노년 세대들에게 그때의 목소리를 들려주고 싶지만, 그 방법이 없으니 문자라도 써 놓는 것이 이해될 것 같아 구수한 사투리로 써 본다.

"메밀 무~욱 찹싸~알 뜨~윽 사~려"

요즘같이 코로나-19로 삭막하고 힘겨운 시절에 이런 풋풋한 소리를 들어본다면 메말랐던 감성과 삶의 희망이 솟아나는 기대감도 생겨나지 않을까?

1976년 1월 24일 자 경향신문 칼럼에는 "골목 밖을 지나는 찹쌀떡과 메밀묵 장수의 구성진 목소리는 한국 겨울밤에 또 하나 빼놓을 수 없는 인간의 목소리다"라는 기사가 실리기도 했다.[29]

메밀은 영양가 없는 식품이지만 메밀꽃이 활짝 핀 모습을 꿈속에서 보면 순리대로 이루어지고 재물이 들어오는 길몽으로 전해져 온다고 했다.

오늘 밤 따끈따끈한 메밀묵 한 그릇 드시고 메밀꽃이 활짝 핀 꿈을 꿔 보면 어떨까?

---

[29] 리얼푸드(2019. 01. 25.)

　　　　　　　　　산수傘壽로 가는 길목에서 희망을 보다

어린 시절 귀한 간식거리였던 엿을 파
는, 엿장수에 관한 추억을 기억하시는지.

손수레를 끌고 동네 골목길을 돌아다니
며 가위를 치고 가락을 뜯는 엿장수의 구
수한 가위 치기 소리가 멀리서 들려올 때

면 그 소리를 듣고 아이들은 재빨리 집으로 가서 마루 밑이나 헛
간을 뒤졌다. 구멍 난 고무신짝이나 고철, 헌책을 들고, 할머니
들은 찌그러진 양동이와 냄비, 아주머니들은 아버지가 마신 빈
술병, 여인네의 긴 머리카락 또는 놋그릇이나 놋쇠 주걱을 들고
나와 엿과 빨랫비누 등을 바꾸었다.

어떤 아이는 집안에 소중히 간직한 고가품이나 옛 서적, 여름
내 땀 흘려 농사지은 마늘 꾸러미를 들고나와 엿과 바꿔 먹다가
부모님께 들켜 엄청나게 혼난 아이도 있었다고 한다. 그런 여건
도 되지 않는 아이는 엿을 바꿔 먹는 아이를 부러워하면서 입만
바라보며 침만 삼키다 아주 작은 조각하나를 건네받고 입안에서

녹는 달콤함에 세상이 행복함을 경험하곤 한다.

하지만 그런 모습도, 엿장수 아저씨의 신명 나고 흥겨운 가위치기 장단도 이제는 보기 힘든 광경이 되었다.

그 당시 엿장수나 고물상을 운영하신 분들은 폐자원을 수집, 자원 재활용을 통해 경제부흥에도 일조했고 쓰레기 분리수거에도 앞장섰던 분들이 아니었나 하는 생각을 해본다.

지금도 관광지나 박물관에 진열된 엿장수 가위를 보면 정겹고 포근한 생각이 든다.

물건이나 종이를 자를 때 사용하는 가위에는 날이 있지만, 엿장수 가위는 두껍고 뭉툭하여 날이 없다. 자르거나 베는 것이 목적이 아니고 부딪쳐 소리를 내는 역할이다 보니 투박하지만 경쾌하고 정겨운 소리 가락을 만들어내는 마술사의 도구로 사용하였기 때문이다.

엿가락을 "딱" 반으로 잘라 자른 단면에 큰 구멍이 생기도록 후~후 불면서 누구의 엿 구멍이 더 큰가를 비교하여 승패를 가리는 엿치기란 놀이도 빼놓을 수 없는 흥밋거리였다.

엿장수의 행동이나 모습만이 우스운 것이 아니라 엿에 얽힌 말의 비유에도 뼈 있는 농담 같은 진심이 숨어 있다.

사람들은 사리에 맞지 않는 말이나 제멋대로 행동하는 사람에게 "에잇, 엿이나 먹어라."라는 비아냥거리는 말을 우리 생활 속에서 친숙하고 부담없이 사용하곤 했다.

또 무슨 일이든 자기 맘대로 결정하고 자기 위주로 행동하는 경우를 빗대어 "엿장수 맘대로"라는 거절의 표시로 사용해 왔다.

요즘 정겹고 친숙한 엿장수의 모습은 무대 뒤로 사라졌지만,

산수傘壽로 가는 길목에서 희망을 보다

각종 지역축제에 가면 품바타령으로 엿장수가 등장하여 웃음과 폭소를 던져주어 세월의 고달픔을 달래주고 즐거움과 기쁨을 안겨 주곤 했다.

엿장수의 가위 치기 장단은 엿장수 마음대로 쳤을까? 그들이 치는 가위 장단은 엿장수 마음대로 치는 것 같아도 그 나름대로 가락이 있고 장단이 있어 신명 나고 흥이 넘친다. 다만 엿장수가 1분 동안에 가위를 몇 번 칠 것인가는 엿장수 마음대로라는 것이다.

고물이나 폐지, 빈 병, 고무신 등과 같은 물건의 가치와 바꿔 줄 엿의 양을 엿장수가 임의로 결정하기 때문에 '엿장수 마음대로'라는 말이 생긴 것 같다. 아이들은 그 엿장수 마음대로에 담긴 엿장수의 훈훈하고 정 넘치는 마음씨를 더 그리워했는지도 모른다.

요즘은 엿이 자녀들의 합격을 간절히 바라고 기원하는 뜻으로 자녀 입학시험이나 각종 고사장 정문에 붙이는 용도로 사용되고 있는 것을 종종 볼 수 있다.

수험생 자녀가 있는 지인이나 선후배들이 엿을 사서 선물하는 풍습이 있었는데, 이는 엿을 합격의 부적으로 생각하는 풍습에서 행하여 온 것도 있고, 엿은 뇌에 필요한 영양분을 빠르게 공급하여 시험으로 인한 긴장과 스트레스를 해소하기 위해 사용하라는 의미도 있다.

구수한 소리로 고달픈 삶을 사는 사람들의 마음을 엿만큼이나 달콤하게 녹여주는 엿장수 아저씨의 가위 치는 소리가 오늘 밤 꿈속에 들려오면 어느새 나는 그 시절로 돌아가 어린애가 된다.

엿장수 아저씨가 엿가위로 엿 자르는 소리와 동네 아이들의 침 넘어가는 소리를 다시 한번 듣고 싶기 때문이다. 우리를 과거로 인도해 주는 것은 기억이고 우리를 미래로 인도해 주는 것은 꿈이 있기에 가능하다.

어린 시절의 기억이 존재하기에 추억은 늘 그리운 것인가 보다.

소리를 찾아서 3

한과 고달픔의 하모니, 다듬이 소리

마음을 포근하게 하고 세상을 아름답게 꾸며주는 소리?

다시 듣고 싶은 그 시절의 소리 중 하나는 가장 애잔하고 힘들었던 시집살이 장단인 다듬질하는 소리로 여인네들의 한과 고달픔이 함께 녹아 있는 소리이다.

시어머니와 며느리의 다듬질 소리는 마치 화풀이하듯 강하고 넋두리하듯 빨라지는 소리 "또닥또닥 딱딱 따다닥 따다닥 똑딱"

며느리가 시어머니보다 젊어 힘이 더 강하다 보니 세게 두드린다지만, 그 속에는 시어머니의 고된 시집살이가 힘겨워 한풀이식 두드림도 있을 것이다.

우리 어머니와 그 윗세대 할머니 그리고 더 윗세대에 살았던 어른들은 얼마나 고되고 힘든 세월에 눈물 흘리며 살아왔는지를 대충 짐작할 수 있다. 여인네의 다듬이질은 가부장제도 하에서 어떤 울분과 한을 토하는 신호와도 같은 소리였다고 볼 수 있다.

낮에는 논이나 들에서 힘든 일을 하고 때맞추어 밥상을 준비하고 아이들의 돌봄 육아는 물론 허드렛일로 지친 몸을 정신력으로 지탱해 가며 버티고 버텨왔다. 그리고 밤에는 다듬잇방망이를 두드려야 했던 이 땅의 여인들은 그렇게 열심히 두드려댔지만 궁핍한 삶은 좀처럼 펴지지 않았다고 한다.

겨울철 긴긴밤에 고부간 두드리는 다듬이 소리가 호흡이 잘 맞아 경쾌하게 담을 넘어 들릴 때는 멋진 아름다운 하모니를 연주하는 듯 들린다.

이름하여 "한국의 다듬이 오케스트라"

지금, 이 소리를 듣는다면 1980년 이후 세대에게는 다듬이 소리가 정겨운 소리가 아니라 마치 휴식을 방해하는 소음 내지는 공해로 자칫 치부할 수도 있겠지만, 할머니와 어머니 세대에서 다듬이질은 푸념과 넋두리로 삶의 고단함을 푸는 유일한 해방구였을지도 모른다. 그래서 다듬이질은 여인네들만의 스트레스를 해소하는 좋은 도구로 사용되었을 것 같다.

할머니가 쓰시던 다듬이 판과 다듬이 방망이

신세대 사람들은 경험해 보지 않는 소리였기에 다듬잇돌에 얽힌 사연과 절규를 이해하기 어려울 것 같다.

산수傘壽로 가는 길목에서 희망을 보다

다듬이질에는 둘이 호흡을 맞추어서 하는 것도 있지만 혼자 하는 경우도 종종 있었다.

혼자서 하는 다듬이 소리는 그 소리가 한 맺힌 절규와 간절한 바람이 교차하여 빨라졌다 느려졌다 들쭉날쭉하다면 과부가 다듬잇방망이로 신세타령하는 것이라고 그런다.

본래 다듬이질은 옷감의 구김살을 펴고 매끈하게 하려고 다듬잇돌 위에 다듬잇감을 올려놓고 방망이로 두드리는 것을 말한다.

다듬이 소리는 그 어느 악기에서도 낼 수 없는 자연 그대로 맑고 청량함을 들려주므로 포근하고 정겹게 가슴에 와닿기에 운치와 매력이 스며있는 것 같다.

요즘은 전기다리미가 구겨진 옷을 펴주고 전기밥솥이 밥을 지어주고 청소는 청소기에 부탁하면 되고, 설거지는 식기세척기가, 다림질은 세탁소에, 옷 수선은 수선집에 맡기면 된다. 편리한 세상을 만나 그 어려운 환경과 고충에서 해방되었는데도 만족해지지 못하고 힘들어하는 이유는 무엇일까?

봉건사회 여성들은 남자의 그늘에서 벗어날 수 없었던 유교 사상과 보이지 않는 내훈이란 제도에 얽매여 행동의 제약과 엄격한 사회적 신분제도 등으로 힘겨운 삶을 숙명이라 생각하고 살아왔다.

그러나 서구의 문화가 도입되면서 남녀평등과 여성의 역할이 커지고 가정에서는 과학이 여성을 해방해 보다 자유롭고 여유로운 생활을 할 수 있도록 여건은 조성되었다. 그렇지만 경제적 곤란과 자녀 양육의 부담으로 인해 자기 계발과 자아 성취를 위

한 시간 확보, 사회적 불평등으로 힘들어하는 것이 아닌가 생각
된다.

예로부터 한국에서는 아이 우는 소리, 글 읽는 소리, 다듬이질
하는 소리를 삼희성(三喜聲)이라 하여 세 가지 기쁜 소리로 꼽았
다고 한다.

이제는 들을 수 없는 사라져간 옛날 정겨운 소리도 국악박물관
에 가면 언제든 음향시설로 재현되어 경험할 수 있게 되었다고
하니 세상이 참 좋아진 것 같다.

맷돌이 돌아가는 소리를 듣고자 맷돌도 돌려봤고, 누에가 뽕잎
을 갉아 먹는 소리도 지켜봤고, 곡식을 찧을 때 내는 디딜방아 소
리도 들어 봤고, 지금도 생생하게 귓전을 울리는 가을 탈곡기 소
리도 체험해 봤다.

기억 속에 지워져 잃어버린 아름다운 한국의 소리가 참으로 낭
랑하고 청청하다는 생각이 절로 든다. 추억은 항상 그리움을 잉
태시켜 다시 그때를 기억하고 소환해 주는, 그래서 향수에 젖게
하여 마음을 평화롭게 하고, 위안을 주는 것인지도 모른다.

잃어버린 것들을 기억해 가는 초로의 인생길에 어린 시절 들었
던 애절하고 구성진 소리를 되새겨보며 꿈의 고향을 찾아가 그
시간 속으로 돌아가 보는 것도 늙음을 지연시키는 방법은 아닐
까?

과거 속에 잠재했던 기억이 이렇게 초로들에게 기쁨이 되고 즐
거움이 되는 이 소리는 초로의 길을 처음 가는 우리 세대에서만
느끼며 맛볼 수 있는 향수가 깃든 멋이 아닌가 싶다.

1980년대 "엉덩이를 흔들다"란 뜻으로 나타난 힙합의 대중문

산수傘壽로 가는 길목에서 희망을 보다

화는 순식간에 젊은이들의 마음을 흘렸고, 지금은 K팝에 열광하며 이것이 전 세계적으로 유행되어 국격을 높이는 데 한몫을 하는 것은 분명하다.

그래서 좋아하는 것에 열정을 가지고 재능을 발휘하는 것은 바람직하고 좋은 현상이지만, 우리 것은 외면하고 새로운 장르에 매몰되는 것은 자칫 고유의 문화와 정서를 깨뜨릴 우려가 있다는 것을 간과해서는 안 된다.

젊은 세대가 힙합이나 K팝에 열광하듯 노년의 세대는 그들이 젊었을 때 들은 자연의 소리만 들어도 가슴이 뛰고 마음이 설렌다.

산책길 스케치(남산)

  내가 살고 있는 고장에는 산책하기 좋은 곳이 여러 군데가 있다. 그중에서도 여기는 많은 사람과 타지방 사람들이 자주 찾아와 등산하면서 상쾌한 휴식을 취하기도 하지만 이곳 사람들은 매일 또는 주말마다 산책하며 사색하기에 좋은 트래킹 장소이기도 하다.

남산 임도길 옆 산수유나무의 봄꽃과 가을의 열매

　　　　　　　산수傘壽로 가는 길목에서 희망을 보다

왜 임도 길을 선택하는가 하면 완만한 경사에 왕복 5~6km 정도 거리에다 봄이면 양옆 길가엔 노란색 산수유꽃이 나란히 줄지어 반갑게 맞아주듯 사열하는 기분은 어디에서도 맛볼 수 없는 풍경이요, 긴 꽃자루 끝에 달린 작은 노란 꽃다발은 마치 노란색 불꽃놀이를 보는 착각을 들게 한다.

여름이면 솔바람 향을 맡으며 살갗을 간질여 주듯 상큼하게 부는 바람이 있어 좋고 우렁차게 울어대는 매미 소리에 더위를 날려 보내며, 가을이면 발밑에서 들려오는 멋진 교향곡 같은 낙엽 밟는 소리 '사그락 사그락 뿌지직' 연주를 들을 수 있어 좋고, 봄에 핀 노란 산수유가 빨갛게 익어 주렁주렁 열린 정취에 눈을 호강하게 해준다.

겨울이면 하얀 세상에 내 발자국을 남기며 뽀드득거리는 사랑의 서사시를 쓸 수 있어 좋다.

산책길 스케치(남산)

혼자 오면 혼자라서 나무들, 새들, 이름 모를 곤충, 잡초들과 벗 삼아 대화하니 멋지고, 연인과 함께라면 깨소금 같은 고소한 사랑이 아름답고, 친구들과 함께 오면 정보를 얻고 소통을 이어 가니 발걸음도 가벼워 상쾌한 하루가 즐거워진다.

한참을 오르다 보면 전망대가 있어 시가지가 한눈에 들어오고 넓디넓은 충주호를 바라보면 가슴속에 갇혀있던 답답함이 금세 사라져 후련해진다.

비가 내리다 개이기 시작할 때쯤이면 아스라이 피어오르는 안 무가 마치 병풍을 두른 듯 펼쳐져 바다의 파도처럼 착각을 자아 낸다.

전망대에서 내려다본 충주시가지

아마도 바다가 없는 이곳 시민들을 위해 잠시 바닷가 파도치는 광경을 보여주고 싶은 자연의 섭리가 아니었을까?

산수傘壽로 가는 길목에서 희망을 보다

전망대를 조금 지나면 갈증을 녹여주는 산 약수도 있고 또 가다 보면 금봉산 정상을 둘러싼 삼국시대 석축산성인 충주산성을 만난다.

전설에 의하면 삼한 시대에 마고 선녀가 7일 만에 쌓았다고 하여 '마고성'이라고도 불린다고 전한다.[30] 그래서 사람들은 남산의 임도길을 자주 찾게 되는지도 모른다.

2019년 어느 7월 첫 주 금요일 친구 네 명이 등산하고 내려오는 중간쯤 지점에 한 나무에서 노란색 과일 하나가 뚝 떨어지는 광경을 보았다. 다가가 풀숲 주변을 살펴보니 떨어진 과일 몇 개가 있었다. 주황색을 띠며 제법 크고 맛있어 보여 한입 먹어보니

---

30 위키백과 사전

너무 달콤하고 새콤하며 맛이 좋았다.

친구들과 나누어 먹으면서 임도를 따라 내려왔다. 많은 사람이 지나가면서 왜 이걸 몰랐을까?

성숙한 과육은 풀숲에 떨어져 숨겨져 있어서 옆을 지나가도 보이지 않았을뿐더러 지나가면서 그곳에 과일이 있다는 사실을 아는 사람은 적었을 것 같다. 사람들은 이야기에 열중하며 앞만 보고 걸어갔지 옆과 위를 보는 여유가 없었던 것 같다.

우리도 바쁜 세상 속에 살면서 늘 앞만 보고 뛰었을 때가 대부분이고 뒤를 돌아보거나 위를 쳐다보는 여유가 없었다. 가끔은 뒤를 돌아보고 내가 가는 길이 옳은 것인지 생각해 보고, 위를 바라보고 수천억 개의 별들이 연주하는 아름다운 별들의 이야기에도 귀를 기울여 본다면 세상은 멋지고 아름답고 살아볼 만한 가치가 있는 곳이라는 것을 새삼 느끼게 될 것이다.

그 달콤하고 새콤하며 맛이 좋은 과일이 바로 살구(殺狗)였다. 달콤하고 새콤한 맛으로 위장한 그 과육 속의 씨는 사람을 죽일 수 있을 정도의 독성을 가졌다 하여 죽일 살(殺)을 붙여 살구라고 이름이 생겨난 것이란다.

내려오는 길에 어제 먹던 달콤새큼 살구가 생각나 위를 쳐다보니 아직도 나무 맨 끝에 여러 개 달려 있었다. 나무를 흔들어 살구를 떨어뜨려 맛있게 먹고는 감사한 마음으로 산에서 내려오며 오가는 객들에게 달콤함과 시원한 영양제를 제공한 그 나무에 감사함을 느꼈다.

대수롭지 않은 과일이지만 지나가는 어떤 이에게는 목마름을 해소해 주고 또 어떤 사람에게는 사랑의 달콤함을, 또 다른 사람

산수傘壽로 가는 길목에서 희망을 보다

에게는 목표지점까지 힘차게 가라는 희망을 주고, 힘들어 보이는 사람에게 격려의 선물로, 동료와 친구들에게는 그 옛날 고향의 향수를 느끼게 하는 열매였다.

봄을 상징하는 매화가 선비와 양반을 대표하는 나무라면 살구나무는 그저 순박하고 질박하게 살아온 서민들의 나무로 비유되었던 것 같다.

그날 돌아오면서 나와 우리 친구들에게 선사해 준 달콤함을 내년에도 맛보기를 바라며, 내년 봄이 되면 영양제를 가져다 '나무에 주어야지' 하는 생각을 했다.

이듬해 어느 봄날 산에 올라가는 도중 그 나무 앞을 지나칠 때쯤 작년에 마음의 약속을 지켜야 하겠다는 생각이 떠올라 다음날 여러 가지 비료를 담아 나무 주변에 뿌리고 흙으로 덮어주었다.

올해는 더 튼실하고 커다란 열매, 더 맛있고, 더 먹음직스러운 열매를 많이 열어 모든 사람에게 희망도 주고, 용기도 주고, 격려도 해주면서 사랑받는 나무로 자라길 염원해 본다.

우리는 다가오는 7월의 그날을 위해 오늘도 내일도 힘차게 걷는다.

왜? 와사보생(臥死步生)이란 말이 떠오르니까? 걷지 않으면 모든 걸 잃어버리듯 다리가 무너지면 건강이 무너진다. '누우면 죽고 걸으면 산다'라는 순우리말을 사자성어 형식으로 바꿔놓은 명언이 바로 '누죽걸산'이란다. 누구도 나를 위해 조언은 해줄 수 있지만 대신 걸어주지는 않는다.

오늘도 두 다리로 걷게 해주고 하루 중 만나는 모든 사람이 나

의 아름다운 선물이라는 것을 감사하게 생각하면서 열심히 걷고
또 걷자.

　서쪽 하늘에 저무는 일몰의 석양빛이 너무 아름답고 찬란하다.
열심히 걷고 또 걸어서 가는 날까지 석양의 멋진 모습처럼 그렇
게 지고 싶다.

　산수傘壽로 가는 길목에서 희망을 보다

작은 꽃이여!

지나가는 사람들이 눈길 한번 안 준다고 토라지지 말라!
원래 그들은
화려하고 아름답고 멋진 꽃을 더 좋아하기 마련이다.
그게 그들의 본능일지도 모르니까
그런 마음을 가졌다고 불평해서도 안 되지!
한 구석지기에서 소담하게 그러면서 곱게 핀 작은 꽃이여

너는 너대로 그런대로 멋지고 아름답다
벌이나 나비는 조건 없이 너를 반겨주며 찾아주지 않더냐?

그래서 너를 키워준 흙에 감사하고
너의 목마름을 달래주던 비에게 고마움을
심심할 때 찾아와 함께 놀아준 바람에도
너를 튼실하게 자라나게 해준 태양에게도
간혹 더위에 지친 너에게 휴식을 전해준 구름에도
벌이나 나비가 찾아와
말동무가 되어준 아름다운 마음씨에도
모두 다 감사하며 기뻐해야지

화려하고 아름다운 꽃은
지나가는 인간에게 목이 부러지고 꺾이어
금방 시들거나 꽃병 속에 갇혀 살아가는 아픔을
너는 겪지 않아도 되니까
작게 태어난 것을 숙명으로 생각하고
이 넓은 세상에 네 존재를 알리는 꽃을 피웠으니
그걸로 만족해야지
지나가는 세상에 네가 먼저 말을 건네보면 어떨까?
대답이 없다고, 반겨주지 않는다고 화내지 말고
언젠가 알아줄 그때를 기다리며 이때(代)를 이어가야지
그래서 진짜 네 존재를 인정하는 자가 나타나면
그땐

산수傘壽로 가는 길목에서 희망을 보다

무슨 말을 해야 할 것인지 생각하면서

오늘도 예쁘게 단장하고 말없이 서 있는 네가 참 곱다!
아름답지 않아도, 향기가 나지 않아도, 이름이 없어도
꽃은 꽃이니
네 주어진 삶에 최선을 다했다면
너도 이제 세상에 주인공이 된 거야
이 세상에는 각자의 자리에서
그 자리를 지키며 산다는 게 쉬운 일이 아니거늘
오늘도 당당하게 꽃피워 낸 네 모습이
더 예쁘고, 가상하다
그래서 사람들은 너를 보기 위해 꼿꼿한 허리를 굽혀
너를 맞이하지 않더냐!
이제부터는 움츠리지 말고 주눅 들지 말며
있는 그 매무새로 자연스럽게 꽃피워 살아가는 것이
가장 아름다운 모습이란 걸 보여주어야지!

작은 꽃이여!

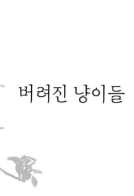

버려진 냥이들

　나는 오늘도 친구들과 함께 아침 운동차 호암지 둘레길을 걸으며 아침을 연다. 호암지 호수 산책로는 많은 시민의 휴식처이자 건강을 다지는 장소이기도 하므로 시에서 공원화로 추진해 지금의 쉼터로 만든 곳이다.

　호암저수지는 일제강점기에 충주시민을 강제 부역시켜 삽과 곡괭이, 지게와 들것을 이용해 사람의 손과 발로 11년 만에 완공된 인공 저수지이다.

　도심 한가운데 이런 큰 호수가 있는 것은 그리 많지 않아서 호수를 끼고 있는 시민들에게 쉼터와 힐링 장소로 이용되고 있다는 것은 큰 행운이다.

　이곳에는 수생 생태 공원과 습지 수생 식물원, 각종 체력 단련 기구와 공연장 및 시화가 있는 산책로를 만들어 아름다운 시와 그림을 상시 전시하여 시민들에게 정서와 심신의 위안을 안겨주는 호암지 공원은 낭만 그 자체이기도 하다.

　그래서 하루가 시작되는 이른 새벽부터 어둠을 비추는 가로등

　산수傘壽로 가는 길목에서 희망을 보다

불 벗 삼아 미로 같은 둘레길을 말없이 걷고, 달리고, 단련하는 사람들로 붐빈다.

내가 둘레길을 도는 시간대인 10시경, 둘레길을 돌 때마다 만나는 어떤 수상한 아줌마 두 분의 행동이 늘 궁금했었다.

두 분의 아줌마들은 항상 어깨에 배낭을 메고 한 분은 물통을 들고 편안한 둘레길을 마다하고 작은 산등성이를 따라 오르고 내리며, 때로는 가시에 찔리는 아픔, 풀에 걸려 넘어지는 고통, 곤충에게 쏘이는 고충을 겪으면서 우리가 가지 않는 길로 다니는 모습이 자주 목격되었다.

우리는 비가 오거나 눈이 많이 올 때는 산책을 중단하지만, 그 분들은 변함없이 한결같은 마음으로 어떤 주어진 사명에 그 임무를 다하기 위해 어제도 걷고 오늘도 또 걸어간다.

아무도 관심 가져주지 않고, 누구도 돌보지 않는 버려진 고양이, 한때는 어느 가정에서 온갖 귀여움을 받아 가며 사랑받고 살다가 주인에게 매정하게 버려진 것이었는지도 모르는 이들에게 하루 한 끼의 식량과 생명수를 제공해 주는 고마운 아줌마들…. 그 이름은 캣맘이었다.

그들에게 따뜻한 집을 만들어주고 먹이를 주며 사랑의 애정과 온유한 정성을 다하는 반려인은 고양이들에게 있어서는 신(神)과도 같은 존재로 믿고 따르는 것이 아닌가 싶다.

"고양이는 세상 모두가 자기를 사랑해 주기를 바라고 원하지 않는다. 다만 자기를 선택해 준 사람이 자기를 사랑해 주기를 바란다"31고 말한 것처럼 그곳의 냥이들도 자기들을 보살피는 캣맘으로부터 그렇게 변함없이 사랑받기를 바라며 오늘도 때를 기다리는 것인지도 모른다.

들고양이들에게 유일한 가족과 친구는 아마도 자기들을 보살피고 도와주는 반려인인 아줌마라고 생각할 수도 있지만, 고양이를 가장 잘 알고 사랑해 줄 수 있는 사람 또한 반려인(캣맘)이기 때문이다.

그 아줌마들은 인간과 고양이가 공존하는 행복한 세상을 꿈꾸며, 날마다 들고양이들을 만나고 하루를 보내는 것이 늙어가면서 선택한 자연의 축복으로 생각할지도 모른다.

둘레길에서 만나는 두 아줌마는 알고 보니 방치되어 병들고 배고픔에 굶주린 30여 마리 길냥이를 오래전부터 돌보는 들고양이의 대통령 캣맘이었다. 자신들의 노후 자금 일부를 할애하여 사룟값을 충당하면서 들고양이를 돌보는 참으로 대단한 용기와 끈기 없이는 할 수 없는 힘든 일을 자발적으로 하고 있었다.

행복은 밖에서 오는 것이 아니라 내가 만들어 가는 것처럼 베풂이 곧 행복임을 아는 사람들이라는 생각이 들었다.

동물 보호단체나 구호단체, 지방 자체 단체에서 해야 할 일을 스스로 나서서 즐거운 마음과 운동을 병행하여 실천하는 그분들의 따뜻하고 아름다운 선행에 시민의 한 사람으로서 마음의 '감사'라도 보내고 싶다.

지금도 누군가가 보이지 않는 곳에서 이런 아름답고 보람 있는

---

31 story.kakao.com 꼬냥이 차순이) 헬렌 톰슨

선행을 하는 분들이 많이 있을 것으로 생각된다.

물론 들고양이들에게 먹이를 주는 행위는 그들의 번식력만 키워 사람들에게 피해와 위협을 주는 원인이 되기도 하고 또한 야생화로 인해 인간과 자연생태계의 파괴가 속출되기도 한다. 하지만 세상에 생명으로 태어난 이상 인간이 먼저 손 내밀어 보호해 주는 게 마땅하다는 생각도 든다.

사람이 반려동물을 기르는 이유는 1인 가구의 증가와 고령화로 인한 외로움과 고독감을 해소하기 위함일 것이고, MZ 세대로 불리는 이들에게 형제자매가 없거나 적다 보니 사랑이나 우애가 무엇인지 모르고 자라나 그 대상으로 애완동물이 등장하게 된 것 같다.

처음에는 '애완동물'이란 표현으로 인간이 가지고 노는 장난감 존재로 인식했으나, 시간이 흐르고 세대가 바뀌어 인간이 정서적으로 의지하고자 가까이 두고 기르는 동물이라고 해서 '반려'라는 표현을 사용한다.

그래서 급속한 사회현상의 변화는 반려동물에 대한 존재가치가 높아져 가족으로 생각하는 경향이 가속화되다 보니 반려동물이 가정이란 울타리로 들어와 가족처럼 동고동락하며 서로에게 위안과 즐거움을 교감하면서 함께 살아가게 된 것 같다.

2022년 통계에 따르면 반려동물의 인구가 1,500만 명에 이른다고 한다. 앞으로 반려동물에 대한 처우나 법적 지위 문제, 기르다가 싫증 나면 유기하거나 파행에 따른 사회적 문제도 함께 생각해 봐야 한다.

사람 사는 세상에는 금수저도 있고 흙수저도 있듯이, 동물도 사람에게 선택받아 좋은 환경에서 먹이 걱정 없이 사랑받고 거실 소파에서 휴식을 취하고 침대에서 함께 잠을 자며, 간식과 미용, 병원 진료까지 온갖 사랑과 보호를 받아 가며 사는 금수저 같은 고양이와 강아지도 있는가 하면, 사람에게 버림받아 야생에서 먹이 걱정과 불량한 환경 그리고 하루하루 힘들게 경쟁하며 살아가는 흙수저 같은 동물들도 많아 이들에 의한 피해도 점점 늘어나고 있다.

동물에 관한 관심과 배려, 사랑과 애정을 가지고 돌보고 베푸는 것은 좋은 일임은 틀림없다. 그러나 관리나 위생 및 공동생활에 대한 준수 내지는 예의나 규범이 지켜지는 범위 내에서 이루어져야 하며 그 대상인 동물이 사람보다 위의 위치로 이동하면 많은 부작용이 나타나는 점도 고려해야 할 문제다.

동물을 사랑하고 배려하는 마음으로 부모님을 향한 관심과 애정을 가진다면 얼마나 사회가 밝아지고 아름다우며 정의로워지겠는가?

반려동물이 먼저가 아니라 사람이 먼저여야 함은 말할 것도 없지만 요즘은 반려동물에 대한 애정이 노인의 공경보다 더 앞질러 가는 세상에 살다 보니 어이가 없긴 하다.

작은 산, 언덕을 오르고 내리면서 고양이를 만나며 하루의 안부를 묻고 그들의 건강과 변화를 관찰하면서 고양이도 챙겨주고 내 건강도 함께 챙기니 일거양득의 기쁨과 즐거움이 노년의 행복한 취미로 자리 잡은 것 같다.

지구의 환경은 인간만이 누리는 시·공간이 되어서는 안 되며 모든 동식물과 공존하는 공간에서 함께 살아가는 것이 서로에게

산수傘壽로 가는 길목에서 희망을 보다

도움이 되는 방향으로 가야 된다고 본다. 그래야 우리도 더 즐겁고 재미있는 삶이 될 것이 아니겠는가?

지구의 모든 동식물은 인간을 위해 존재한다고는 하지만 살아가는 동안만이라도 서로가 주고받는 상황에 함께 누리며 함께 행복한 삶을 살다 가면 좋겠다는 생각도 해본다. 그래서 더 많이 가진 인간이 더 많이 베풀어야 함은 당연지사일진대, 반려견이나 반려묘를 학대하고 죽음으로 내모는 장면들이 심심찮게 TV 화면에 등장할 때마다 마음이 씁쓸하다.

나는 고양이나 개를 좋아하지도 않고, 기르고 싶은 마음도 없다. 그저 함께 살아가는 동물이라는 생각밖에 없는 무뚝뚝한 인간의 한 사람이지만 고의로 그들을 학대하거나 미워할 이유도 없다.

다만 그들도 생명을 가진 생물체로 살아가는 동안 그들에게 주어진 삶의 보람과 생명의 한계까지 살다 가기를 바랄 뿐이다. 돈 주고 샀던, 입양했던 일단 가족으로 받아들였으면 생을 다하는 날까지 함께 보내는 것이 도리라고 본다.

어느 한 유튜버가 동물을 싫어하는 사람은 동물을 버리지 않는다고 했다.

왜! 키우지 않으니까.

근데, 동물을 좋아하는 사람들이 동물을 버린다. 왜? 키우는 도중 문제가 생기거나 싫증 내지는 반려인의 스트레스, 한순간의 성격장애, 이웃 주민과의 갈등, 감당하기 어려운 경제적 문제 등 여러 요인으로 학대하거나 유기하는 경향이 자주 발생하기 때문이다.

그 말이 딱 맞지 싶다. 결국, 수고와 희생을 감당하지 못하면 학대나 유기로 책임을 회피한다.

반려견이나 반려묘 같은 동물은 민법상 생명이 아닌 물건으로 분류되어 함부로 버리고 학대해도 괜찮다는 의식이 깔려 있지는 않은지 의구심이 든다.

자신을 주인이라 생각하고 마지막 순간까지 꼬리를 흔들며 따르던 동물을 매몰차게 버리고 돌아서는 마음도 여기에 기인하는 것일 수도 있겠다는 씁쓸한 생각을 해본다.

고양이는 보통 집에서 온갖 정성과 사랑으로 보호받는 집고양이, 주택가 주변을 맴도는 길고양이, 야생에 방치되어 멋대로 살아가는 들고양이의 세 종류로 나누어진다. 집고양이는 가족처럼 주인의 관리를 받지만, 주택가 길고양이는 농림축산식품부의 관리를 받으며 동물보호법의 적용을 받으나, 들고양이는 환경부의 관리를 받으며 야생생물 보호 및 관리에 관한 법률의 적용을 받고 있다.

최소한 동물보호법 적용조차 대상에서 제외되어 선택받지 못한 삶을 살아가는 들고양이들은 비바람치고 눈이 내려도, 햇볕이 쏟아지는 무더운 날씨에도, 참고 견디며 이분들이 오지 않으면 어찌하나 하는 걱정과 두려움 속에 내일도 변함없이 와주기를 간절히 바라는 마음으로 '부디 우리를 외면하지 말아 주세요'라는 마음의 기도를 하고 있지는 않을까?

산수傘壽로 가는 길목에서 희망을 보다

청보리 축제

　지금, 시절이 5월 초순에서 중순으로 넘어가는 시간의 경계에서 전국 각지에서는 각종 축제가 여기저기서 성대하게 또는 화려하게, 때로는 우아하게 그리고는 멋지게 기획해서 뜻깊게 추진하고 있다.

　봄이 시작되면 벚꽃축제부터 시작해서 유채꽃, 산수유, 튤립, 철쭉꽃, 장미꽃 축제 등등 수없이 많은 축제와 공연이 여기서 저기서 열리고, 의미와 역사를 가미한 길 축제, 나비 축제, 품바 축제, 찻사발 축제, 차 문화 축제, 불빛 축제 등 축제 구경만 다녀도 일 년의 절반은 참여해야 할 정도로 크고 작은 축제들이 지방자치단체별로 열리고 있다.

　축제가 많은 것은 그만큼 지역의 특성, 특색을 살린 전통과 문화의 다양성을 알리고 시민들의 휴식과 힐링을 목적으로 한 지역의 행사로 자리매김하였기 때문이다.

　70대 이후 사람들은 먹고사는 형편이 어려워 보리죽도 못 먹던 그 시절을 겪으며 살아왔다. 배고픔의 고통과 생활고에 시달려 다시는 소환하고 싶지 않은 어린 시절을 지금의 손자 손녀와 그 이후 세대들은 이해조차 하기 어려울 것이다.

일제강점기의 식량 수탈과 6.25 전쟁으로 인해 극심한 굶주림 속에 살아야 했던 그 시절에, 묵은 곡식은 다 떨어지고 보리는 미처 여물지 않아서 농가의 식량 사정이 가장 어려운 시기를 비유적으로 이르던 말로 햇보리가 나올 때까지의 넘기 힘든 고개, 그래서 가난했고, 배고팠고, 힘들었던 시절을 보냈던 고개가 바로 '보릿고개'이다.

얼마나 배고프고 힘들었으면 그 시대 상황을 노래로 만들어 불렀을까? 얼마나 먹을 것이 없었으면 '초근목피에 주린 배 잡고 물 한 바가지 배 채우시던 그 시절을 어떻게 사셨냐'라고 물어보는 노랫말에 슬픔이 있고, '아이야, 뛰지 마라. 배 꺼질라' 간신히 채운 배 꺼질까 봐 뛰지도, 울지도 못하게 한 시절의 고통과 비애를 노래로 담아낸 보릿고개가 아니던가?

내 고장에서 청보리 축제가 열린다고 하기에 우리는 친구들과 함께 옛 추억을 떠올리며 축제 현장에 도착하였다. 아들과 며느리 손자와 함께 축제를 보러 온 사람도 있었고 키우던 애완견을 데리고 온 사람도 있었다.

옆에서 들으니 아들 같은 사람이 물었다. 청보리가 뭐냐고? 옆에 있던 나이 드신 어른이 설명을 해준다.

이 청보리가 익으면 타작하여 찧은 곡식이 보리쌀이라고 말하자 '아! 보리밥 만드는 재료구나' 하면서 그제야 이해하는 듯 고개를 끄덕인다.

이번에 손자가 말했다.

산수傘壽로 가는 길목에서 희망을 보다

보리 몸에 긴 가시(낟알 껍질에 붙어있는 까그라기)가 많아서 어떻게 먹어? 한 번도 보리밥이란 것을 본 적도, 먹어본 적도 없는 세대의 질문에 조금은 당황스러운 듯 한참을 망설이다가 이야기를 해준다.

보리 낟알에서 길게 나온 까락 모습

청보리 축제는 전북 고창에서 시작된 대표 경관 농업 축제로 2004년부터 시작되었던 것이 축제의 시작이었다고 한다.

드넓은 강변 나대지에 초록빛으로 물들인 청보리가 바람에 흔들리며 일렁이는 모습에 옛날 힘들었던 보릿고개를 넘어갈 때의 추억이 새록새록 떠오른다.

청보리밭 사이로 구불구불 이어진 산책로를 따라 걸어가노라면 중학교 음악 시간에 배운 보리밭 노래 '보리밭 사잇길로 걸어가면 뉘 부르는 소리 있어 나를 멈춘다'라는 문정선 님의 노랫소리가 귓가에 들려오는 것만 같았다.

청보리밭을 그저 바라만 보고 있는 것만으로도 눈이 맑아지며, 마음이 풍족해지고, 가슴속 깊은 곳까지 푸르게 물들게 하여 삶의 희망을 채워주는 것 같기도 하고, 청보리 사잇길을 걸어가고 있노라니 모든 근심이 사라진 것 같은 전원의 평화로운 모습에 마음이 넉넉해짐을 느낀다.

주인을 따라온 강아지도 보리밭 사이로 난 길을 따라 신이 난 듯 오늘 하루 자유를 얻은 기분으로 이리저리 뛰어다니며 즐거워하는 것 같다.

나도 이럴 때는 내 고향 청보리밭 언덕에서 보리피리 만들어 불던 그때가 그리워진다. 보리가 익어갈 때쯤이면 보리 이삭에 깜부깃병이란 곰팡이가 번져 까맣게 변하는데 이것을 가지고 얼굴에 문대어 깜둥이로 만드는 짓궂은 장난을 즐겨 했던 추억도 기억난다.

추억이란 간혹 어린 시절 경험한 내용들이 기억의 공간에 저장되어 그때그때 기억을 되새겨 주는 보물창고이기도 하다.

그래서 우리의 삶에서 그 무엇보다도 값진 선물은 기억 속에 새겨진 추억들이 아닐까 생각한다.

〈알렉산더 스미스〉는 추억이란 인간의 진정한 재산이라고 했다. 기억이란 모두에게 아름답고, 즐겁고, 신나는 것들로만 채워져 있는 것이 아니라 때로는 가슴 아팠던 일, 기억하고 싶지 않은 일, 힘들었던 시절 등도 있기에 좋은 것은 그때를 떠올리며 웃을 수 있고 좋지 않던 기억들은 삶의 지표로 삼아 다시는 그런 일이 반복되지 않기 위해 자기 수양의 기회를 주기 때문이다.

시간이 지나면 모든 것은 다 지나가는 것! 그래서 추억이란 공

산수傘壽로 가는 길목에서 희망을 보다

간 속에 기억이란 조각들을 모아놓은 것이므로 추억은 추억일 때가 가장 아름답다는 말도 있는 것이 아닐까?

그때를 회상하며 추억을 더듬어 보는 것도 세월이 흐른 뒤에는 하나의 소소한 행복이 될 수도 있다. 그래서 추억이 없는 사람은 헛된 삶을 사느라 힘들어했는지 모른다.

아무튼, 청보리 축제에 와서 초록 물결 넘실대는 길 사이를 지나 멋진 추억의 인증 사진도 한 방 찍고 또 하나의 추억을 만들었다.

보릿고개를 넘어보지 못한 세대는 보리밥이 어떤 맛이고 어떤 느낌이 드는지 잘 모를 것이다. 순수한 보리쌀로만 가지고 밥을 지은 것이 꽁보리밥인데 식감이 상당히 거칠고 알도 굵으며 찰기가 없어 바람만 불어도 흩어져 날아갈 것 같은 느낌마저 들었다. 또한, 밥맛도 없을뿐더러 먹으면 소화도 잘 안돼서 장내 가스가 발생하므로 대포 소리 같은 방귀 소리만 연실 튀어나온다.

왜냐하면, 보리에는 수용성 식이섬유의 함량이 높아 작은창자에서 소화가 잘되지 않아서 먹고 나면 배에 가스가 자주 차기 때문에 그렇다고 한다.

지금은 시대가 변하고 세월이 흘러 상전벽해가 되어 보리밥은 고급스러운 쌀밥에 대응하여 비타민 B1과 B2, 그리고 섬유질이 풍부하여 힐링과 웰빙의 대표 음식으로 변신하며 대중의 인기를 받고 있다.

젊은 세대 사람들에게는 별 환영을 받지 못하지만, 그 시대를 살아온 사람들에게 살아있는 입맛은 감각의 기억 속에 잠재해 있다가 보리밥만 보면 군침이 돌고 먹고 싶은 충동이 생기는 것은 바로 추억이 있는 인생은 아름답기 때문이다.

여름철 땀 흘리고 나서 시원한 그늘에 앉아 보리밥을 찬물에 말아 된장에 풋고추 찍어 먹던 그 시절, 꽁보리밥도 꿀맛처럼 먹었던 기억이 이제는 옛 시절의 추억이 되어 버린 지금도 입맛은 그때를 못 잊어 그리워한다.

그뿐만 아니라 보리싹을 말려 만든 엿기름은 고추장이나 식혜를 만들 때 재료로 사용되며, 보리를 볶아 차를 만든 것이 보리차인데 여름철 무더위를 시켜주는 청량음료로 불티나게 팔리고 있다.

이번 우리 고장에서도 규모는 작지만, 청보리 축제를 만들어 시민들과 어린이들에게 힐링의 공간을 제공하고 있다. 할머니 할아버지 세대의 배고팠던 시절의 이야기를 들려주면서 청보리를 통한 자연의 싱그러움과 평화로움을 체험할 수 있게 하고 방문객들에게 잊을 수 없는 추억을 만들어주었다. 그리고 청보리를 모르는 세대에게는 과거에 쌀을 대신하여 국민 주식으로 사용했던 청보리의 역사를 돌아보게 하고, 그 의미를 알게 하는 장이 되었다는 점도 하나의 성과로 생각되었다.

1시간 남짓 보리밭을 돌며 걷다 보니 벌써 점심시간이 되었다. 재배 기술과 종자의 개량으로 과거의 보리쌀보다 영양가나 맛에서 훨씬 진화한 보리밥의 진미를 보러 보리밥집으로 향했다.

꽁보리밥에 고추장, 콩나물, 열무김치만 넣고 싹싹 비벼만 먹어도 군침이 돌만큼 맛에서 제일이고, 건강한 밥상으로도 으뜸가는 음식이 되었다. 쫀득쫀득하면서 밥알이 톡톡 터지는 최고의 식감인 보리알이 입안에서 살살 녹아내린다.

산수傘壽로 가는 길목에서 희망을 보다

또한, 보리 개떡도 요즘은 먹기 힘든 간식의 하나이다. 보리를 빻을 때 보리쌀은 자루에 따로 받고 그와 동시에 나오는 보리등겨를 이용하여 강낭콩과 소금, 당원을 넣고 반죽하여 솥에 넣고 쪄낸 것이 보리 개떡인데, 맛이나 영양가는 별로지만 그래도 그 당시에는 허기진 배를 채우는 데 큰 역할을 했다.

　요즘에는 질 좋은 보릿가루와 영양소를 가미한 보리빵이 건강 간식용으로 잘 팔린다고 한다. 쫄깃하고 담백한 맛, 고소하면서 영양 만점인 보리빵은 젊은 세대들에게도 인기가 높다.

　그러나 그 시절에 먹던 까칠까칠하고 맛도 없고 볼품도 없던 보리 개떡이 요즘의 고급 보리빵과는 비교도 할 수 없을 만큼의 가치와 추억을 지닌 것은 한 시대를 살아온 그들에게는 이 시대 사람들이 겪어보지 못한 향수와 아픈 역사가 숨 쉬고 있기 때문은 아닐까?

가을 밤(栗) 이야기

　가을이 오면 매년 기다려지는 행사가 있다. 본래 가을은 봄부터 식물들이 에쁘고 아름다운 꽃을 피워 여름내 뜨거운 햇볕 아래 열심히 일을 하여 가을에 풍성하게 익은 결과물을 수확하는 계절이기도 하다.

　일반적으로 가을 하면 기상학적으로 9월에서 11월까지, 천문학적으로는 추분부터 동지까지 그리고 절기상으로는 입추부터 입동까지를 말한다고 한다.

　사람에 따라, 나이에 따라, 남녀에 따라, 직업에 따라 좋아하는 계절은 다르지만, 나는 사계절 중 가을이 제일 맘에 들고 기다려진다.

　가을이 좋은 이유를 대라고 하면 여러 가지가 있겠지만 첫째, 가을은 결실을 보는 계절이어서 결과물이 많아 좋은 것 같다. 토실토실한 도토리, 주황색으로 물든 감, 풍성하고 넉넉함이 풍기는 노란 호박, 발밑에 널브러진 갈색 밤톨, 황금색 물결로 너풀거리는 들판의 곡식들 등등 저마다 봄에 꽃을 피워 뜨거운 여름

　　　　　산수傘壽로 가는 길목에서 희망을 보다

의 열기를 참고 견뎌낸 노고의 결과물이 쏟아지는 계절이기에 좋다.

둘째, 풍성한 결과물에서 얻어지는 넉넉함이 우리 삶을 살찌게 해서 좋은 것 같다. 몸도 튼튼해지고 마음도 넉넉해지는, 그래서 먹지 않아도 배가 부르니 너그러움이 저절로 생겨 인심이 후해지고 나눔의 기쁨을 누리게 하는 계절이기에 좋다.

셋째, 푸른 하늘을 마음껏 올려다볼 수 있어 좋다. 눈부시지도 않고 부드러운 가을바람을 맞으며 올려다보는 가을하늘은 내 마음을 끄집어내 확대해 놓은 스크린 같은 기분이 들어 좋다. 내가 마음먹은 대로 그리고 생각한 대로 칠하면 한 폭의 그림이 되고 시가 되어 잠시 동화의 나라에 온 느낌이 들게한다.

넷째, 가을 하면 대표되는 단어가 단풍이다. 이맘때면 온갖 산과 들이 붉은색, 노란색, 갈색으로 변하면서 그 아름다움의 극치를 창조하고 곱게 물든 단풍 잎새는 가슴만 설레는 게 아니라 정신마저 혼미하게 하여 바라보는 사람마다 괴성과 환호성을 외치게 만든다.

오색 단풍. 가을이 아니면 어디서 이런 풍광을 즐기겠는가? 아름다운 풍경과 멋지고 화려한 색깔의 변신은 이 계절에만 맛볼 수 있는 가을이 주는 매력이자 여유를 즐기는 자의 특권이라고 본다.

물이 흐릴 때는 아무것도 안 보이다가 가을 맑은 파란 하늘이 펼쳐지면 호수도 푸르게 변해 맑은 물속 세상을 죄다 보여준다.

맑은 물속에 노년이 된 나의 얼굴, 나의 모습도 비추어 바라보면서 나는 어떤 빛깔로 물들어 있을까? 내가 들여다보면 너무 놀라 기절할까 봐 잔잔한 파동의 물결이 살짝 가려주는 센스도 볼 수 있다.

빨간 단풍잎, 노란 은행잎, 아니면 갈색 상수리나무잎 이것저것 모두 어우러진 주황색 단풍 색깔 아무튼 단풍은 계절이 만들어낸 신비의 조화이다.

그러나 나무의 처지에서 보면 생존을 위한 삶의 몸부림은 확실하다. 우리는 그저 멋지고 아름다움에만 빠져 그들의 본능을 잊고 환호와 즐거움에 취해 연발 감탄의 박수를 보낼 뿐이다.

다섯째 가을은 책 읽기에 알맞은 여건이 조성되기 때문에 마음의 양식을 만드는데 좋은 계절이기도 하다. 옛말에 등화가친이란 말이 있듯이 학문을 탐구하는 데 이상적인 조건을 갖춘 계절이고, 하늘이 높고 맑아지며 풍성한 수확이 있어 풍요로운 천고마비(天高馬肥)의 계절이 아니던가? 그래서 가을은 거칠었던 정서를 되살리고 부드러운 감정을 샘솟게 하며 지혜를 쌓아가는데 좋은 환경을 만들어주고 있다.

책을 가까이하기엔 너무 시간이 없다고 하는 사람도 커피 한 잔을 즐기는 시간이면 조금씩 책과 친해질 수 있는 습관을 만들 수 있다고 본다.

만화책이든 신문, 잡지, 웹툰, 가리지 말고 읽다 보면 삶의 방향도, 세상 보는 시각도 넓어지고, 비평의 힘도 생기는 마음의 양식을 얻을 수 있을 것으로 생각한다. 덤으로 뇌를 많이 활용하다 보니 치매 예방의 효과까지 얻을 수 있다.

여섯째 가을이 되면 어릴 적 밤나무 아래서 밤 줍던 시절이 제일 행복했던 것 같고 지금도 그 시절에 경험했던 재미와 즐거움

산수傘壽로 가는 길목에서 희망을 보다

이 어른이 되어서도 잊을 수가 없다.

여름철 뜨거운 열기와 습한 기후로 짜증이 더해가는 시간도 또한 지나가리라~ 생각하며 참고 견뎌왔지만, 멈출 것 같았던 코로나의 위세가 더더욱 거세게 몰아치며 심술을 부리고 있으니 심기가 불편하다 못해 화가 치솟는다.

6월이 되면 산과 들에 밤꽃이 한창 피기 시작하면서 마음은 조금씩 안정되어 간다. 바람결에 언뜻언뜻 밤꽃 향기가 코끝을 스쳐 지나갈 때면 독특한 냄새가 나를 자극하며 신경이 곤두서곤 한다.

밤꽃 향기는 밤이 되면서 더 진하게 진동해서 밤의 세상을 지배하기도 한다. 약간 비릿한 냄새가 바람에 날려오면 이 꽃 냄새가 여심을 흔들어놓기 때문에 옛날부터 밤꽃이 필 때면 부녀자들은 외출을 자제하고 과부는 더욱 근신하였다고 한다. 밤꽃에서 나는 독특한 향기 때문에 세간 사람들은 그것을 남자들의 향기인 정액 냄새와 비슷하다 하여 호사가들은 이를 '양향(陽香)'이라 불렀다고 전해진다.

밤꽃은 수정되어 자라면서 누구도 범접할 수 없도록 둥근 모양에 가시가 돋친 밤송이를 만들어 여물 때까지 손대지 못하도록 보호하며 완전히 성숙하면 저절로 벌어져 세상 밖으로 튀어나온다.

이때 벌어진 밤송이의 모습은 사람이 입을 벌린 모양으로 그 속에 밤톨 삼 형제가 갈색을 띠며 환하게 웃는 모습이 다정하고 보기가 참 좋다.

이렇게 주워 온 밤은 다용도로 우리 생활에 유용하게 쓰이고 있는 열매다. 밤은 예로부터 제사에 올리는 과일 중에서 대추 다음에 위치할 정도로 소중한 제물(祭物)로 조율시이(棗栗柿梨)란 순서로 진설되고 있다.

속설에 따르면 밤송이 안에 보통 밤알이 세 개 들어있는데 후손들이 삼정승을 한 집안에서 배출하라는 의미라고 하는 해석도 있고, 또 껍질은 오랫동안 땅속에서 썩지 않고 그대로 붙어있어 자기를 낳아준 부모님의 은덕을 잊지 말라는 '조상숭배' 의미도 내포되어 있다고 전해진다.

또 밤은 결혼식 후 폐백을 드릴 때도 대추와 함께 사용되고 있

산수傘壽로 가는 길목에서 희망을 보다

다. 결혼식 풍습은 시대의 변화에 따라 많이 변화해 왔지만, 폐백만은 지금까지 잘 이어오는 전통 예식 중 하나로서 신랑·신부가 신부의 치마폭을 잡고 펼치면 시부모님들이 대추와 밤을 집어 던지면서 아들딸 많이 낳으라는 덕담을 건네기도 한다.

내가 가을을 좋아하는 이유 중 하나가 바로 밤을 주울 때 한알한알 자루에 주워 담는 손맛과 그것을 담는 자루가 점점 무거워질 때 느끼는 감정이 어느 계절보다 진한 추억을 만들어주었기 때문이다.

밤알을 주우면서 밤송이 가시에 찔리는 아픔도 있었지만, 굵은 밤알 하나하나 주울 때의 기분은 강태공이 월척을 낚을 때의 기분과 같은 손맛이 아닐까?

밤 줍는 재미에 홀려 정신이 없을 때 나무 위에서 떨어지는 밤송이가 머리 위에 떨어져 맞으면 순간 벼락을 맞은 것처럼 엄청 아프고 참기 힘든 고통을 느낀 적도 있었다. 그 아픔도 잠시 밤톨을 줍는 재미에 고통은 사라지고 다시 밤을 주워 담으며 그렇게 가을의 추억은 쌓여만 갔다.

이 밖에도 밤은 좋은 추억을 만들어주기도 했다. 첫눈 내리는 날 손수레 속 연탄불 위에서 노랗게 익어가는 군밤 냄새가 지나가는 연인들의 발걸음을 멈추게 하는 마력도 있는 것 같다.

먹음직스럽게 익은 군밤을 까먹으며 데이트를 즐기는 맛은 어떤 기분일까? 그것도 첫눈이 내리는 날 보석 같은 눈송이를 맞으며 호호 불면서 까먹는 구운 밤 맛에 고소함을 더하면 은근히 타오르는 연탄불처럼 사랑의 불씨도 따뜻하고 부드럽고 달콤하게 익어가겠지!

어릴 때 경험한 추억들은 잘 잊히지 않고 오래도록 가슴에 남고 머릿속에 저장되어 있다가, 힘들고 지쳐있을 때 가끔은 소환되어 힘과 용기를 줄 때도 있다.

기나긴 겨울날 3대가 모여 살던 때 할머니가 화롯불에 밤을 구워주면서 들려주던 이야기도 생각나 그때의 추억이 새롭게 소환될 때도 있다. 춥고 먹고살기 힘들었던 시절 화로는 농촌에서는 없어서는 안 될 생활 도구로 그 속에서 따스함과 온정이 솟아나고 사랑이 피어나며 낭만이 흘러나오는 신비의 도구와도 같았다. 그 화롯불에 고구마, 밤을 구워주며 구수한 입담으로 손주들에 들려주시던 이야기가 생각난다.

옛날 울릉도 어느 마을에 산신령이 나타나서 마을 사람들에게 이르기를

"이 산에 밤나무를 백 그루 심어라. 그렇지 않으면 이 마을에 크나큰 재앙이 내리리라"고 엄명을 내려서 마을 사람들은 산에 밤나무 100그루를 심고 정성껏 가꾸었다.

몇 년 후에 산신령이 확인차 밤나무 산을 방문하여 100그루가 맞는지 세어 보자고 했다.

산으로 올라가 한그루 두 그루 밤나무를 세기 시작했는데 어찌 된 셈인지 분명히 백 그루를 심고 가꾸었는데 아흔아홉 그루밖에 없었다

그러자 산신령의 진노는 대단했다. 마을 사람들은 분명 백 그루를 심었다며 다시 한번 세어 보기를 간청했다.

"하나, 둘…… 아흔여덟, 아흔아홉…"

하는데 난데없이 옆에 서 있던 작은 나무가 '나도밤나무요'라고 외

쳤지.

그러자 산신령의 눈이 휘둥그레지면서 "너도밤나무냐?" "예, 틀림없이 밤나무입니다."

그래서 이 나무의 기지로 마을 사람들은 위기를 모면하였다고 한다.[32]

그밖에 전해지는 설화는 밤나무로부터 유래하는 당랑박선(螳螂搏蟬)이 있다.

어느 날 장자가 사냥을 즐기고 있는데 남쪽에서 큰 까치 한 마리가 날아와 화살로 겨누고 있는데 그 까치는 풀잎의 사마귀를 노리고 있고 사마귀는 나무에 붙어있는 매미를 노리고 있어 모두가 자기가 노리는 사냥감에 정신이 팔려 자기 몸의 위험에는 전혀 신경을 쓰지 않고 있었다. 아차! 누군가가 내 뒤에서 나를 노리는 자가 있겠다는 생각에 당기려고 한 화살을 내려놓았는데, 밤나무 숲 주인이 쫓아 와서 심한 욕설을 했다고 한다. 장자마저도 밤나무 숲 주인이 뒤에 있다는 것을 까맣게 몰랐다. 이는 눈앞의 이익을 좇다가 바로 뒤에 닥칠 화를 알지 못한다는 교훈을 남겨주는 예라고 본다.

우리가 살아가는 주변에는 밤나무 하나에도 수십 가지의 쓰임을 통한 자기 수양과 삶의 방향과 지혜를 터득하게 해주는 이야기들이 널려 있어 삶의 활력을 주고 잘 익어 떨어진 밤을 주우며 보내는 이 가을이 제일 풍성하고 넉넉한 마음의 여유를 느끼게

32　너의 곁에 나는(너도밤나무)(cafw.daum.net)

하는 계절이어서 좋다.

  나는 이 계절을 '가을이라 쓰고 풍요라고 읽는다'로 표현하고
싶다.

산수傘壽로 가는 길목에서 희망을 보다

호암지 둘레길

물안개 피어오르는 호숫가 산책로
하루가 시작되는 이른 새벽부터
어둠을 비추는 가로등 불빛 벗 삼아
미로 같은 둘레길을
말없이 걷고, 달리고, 단련하는 사람들
무슨 생각으로 걸을까?
무슨 사연으로 달릴까?
무슨 이유로 열심히 단련할까?
아마도 그 생각엔 하루의 희망을 기대하고
적어도 그 사연엔 멋진 스토리를 만들고
몰라도 그 이유엔 간절한 바람을 기원하며
오늘도 걷고, 달리고, 단련하겠지.
호숫가 산책로는 모든 것을 품어주는 엄마의 가슴처럼
오늘도 내일도 그렇게 따뜻하게 품어주겠지!
그래서 나는 오늘도 즐거운 마음으로 이 길을 걷는다.

산수傘壽로 가는 길목에서 희망을 보다

마무리하며

책을 조금 읽다가 보면 처음에는 내용을 파악하며 의미를 생각하다가 몇 분이 흐르고 나면 건성건성 대충 눈으로 훑어보게 되고 또 얼마 후에는 스르르 잠이 들어 버린다.

재미가 없어 지루하거나 너무 무거운 문장으로 흥미가 사라지면 마음에 드는 제목만 골라 읽고 덮는 경우도 생긴다. 누구나 다 이런 과정을 경험한 적이 있을 것이다.

하지만 읽을수록 흥미가 있거나, 마음에 와닿거나 주변 이야기가 내 생각에 부합되는 내용이라면 시간 가는 줄 모르고 끝까지 읽는 예도 있다.

비록 흥미도, 신비한 내용도 없지만, 한 노인이 듣고, 보고, 느끼고, 경험한 이제까지 인생의 이야기를 내 마음대로 표현하여 적은 것을 모아 엮은 것만으로도 내가 기특하고 대단하다고 느껴질 때도 있다.

여러분도 나이에 상관없이 그동안 쌓아 올린 삶의 드라마를 엮어보는데 용기를 내어 도전해 보면 어떨까 하고 권유하고 싶다.

시작이 반이고 가장 늦었다고 생각할 때가 가장 빠른 길이라고 했다. 글을 통해 옛날 사람들의 생각과 생활을 알 수 있었던 것처럼, 여러분도 여러분의 삶 속에서 겪었던 일, 아름다웠던 순간들, 잊을 수 없는 즐거운 추억들, 가슴 시린 이야기, 지울 수 없는 사연들을 엮어 글자로 표현해 보는 건 어떨까?

특별하고 대단한 삶만이 가치가 있는 게 아니고 모든 사람의 평범한 삶에도 하나하나의 의미가 담겨 있으므로 그것이 모여 어느 순간 특별한 가치를 지닌 삶이 된다.

두뇌 속에 잠자는 뛰어난 능력과 빛나는 경험을 썩혀 없애거나, 쓰레기처럼 버리겠는가? 두뇌 속에서 빛나는 보물은 세상 밖으로 꺼내지 않는 한 더 이상 보물이 아니다.

자신만 알고 무심히 지나쳤던 생각과 경험을 문자화한다면 또 다른 누군가에게 희망을 주고 용기를 돋우는 보물 상자가 되어 돌아올 수도 있을 것이다.

모두 용기를 내서 이 순간부터 도전해 보는 열정을 피워 보기를 권유해 본다.

여기까지 읽어주신 독자 여러분의 노고에 감사드리며 고맙다는 인사와 함께 내내 건강하게 지내시기를 바란다.